CHAQUE PIÈCE, 20 CENTIMES.
123ᵉ ᴇᴛ 124ᵉ ʟɪᴠʀᴀɪsᴏɴs.

THÉATRE CONTEMPORAIN ILLUSTRÉ

MICHEL LÉVY FRÈRES, ÉDITEURS,
ʀᴜᴇ ᴠɪᴠɪᴇɴɴᴇ, 2 ʙɪs.

GRANDEUR ET DÉCADENCE
DE
M. JOSEPH PRUDHOMME

COMÉDIE EN CINQ ACTES ET EN PROSE

PAR

MM. HENRY MONNIER ᴇᴛ GUSTAVE VAEZ

REPRÉSENTÉE POUR LA PREMIÈRE FOIS, A PARIS, SUR LE THÉATRE IMPÉRIAL DE L'ODÉON, LE 23 NOVEMBRE 1852.

DISTRIBUTION DE LA PIÈCE.

PRUDHOMME.	MM. Henry-Monnier.	PECHEUX, tambour de la garde nationale.	MM. Étienne.
DUCREUX, officier en retraite. . . .	Talbot.	EUSTACHE, jardinier.	Dodin.
EDOUARD DESPRÉS, neveu de Prudhomme.		Mᵐᵉ PRUDHOMME.	Mᵐᵉˢ Grassau.
dhomme.	Métrème.	VICTORIA, fille de Prudhomme. . . .	Florence.
ANTONY MARTEAU, jeune peintre. . .	Tétard.	JULIETTE, fille de Ducreux.	Valérie.
JAQUIN, fermier.	Boudeville	FÉLICITÉ, servante.	Billaut.

La scène se passe à Paris et à Gonesse, chez M. Prudhomme. —L'action commence le 20 février 1848 et finit en janvier 1852.

ACTE I.

Un salon chez M. Prudhomme. —Au fond, la porte d'entrée et une fenêtre vers la droite ; du même côté, sur un pan coupé, la porte du cabinet de Prudhomme, plus bas, une cheminée. — A gauche, dans le pan coupé, la porte conduisant à la chambre de Mᵐᵉ Prudhomme, plus bas, la chambre de Victoria. — Au premier plan, un piano. — Du même côté, une table avec des papiers, une écritoire, un registre. — A droite, devant la cheminée, un guéridon, un fauteuil.

SCENE I.

FÉLICITÉ, entrant par le fond, VICTORIA, assise.

VICTORIA, se levant.

Je t'attendais avec impatience... Et ma commission?

FÉLICITÉ.

Le petit portefeuille? je l'ai dans ma poche. (Le flairant! avant de le donner.) Hum ! ça sent bon le cuir de Russie ! Et comme ils vous ont bien encadré là-dedans c'te petite peinture de votre façon ! V'là un cadeau qui fera joliment plaisir à monsieur Edouard, votre cousin !

VICTORIA, avec joie.

Tu crois?

FÉLICITÉ.

Et à l'occasion de sa fête, je vas me distinguer... un petit déjeuner de cordon bleu !

VICTORIA.

Que tu es bonne !

FÉLICITÉ.

Tiens ! est-ce que je ne suis pas comme de la famille ? moi, née à vot'service, et qui me jetterais au feu pour vous, pour vos parents et pour monsieur Edouard, si aimable, si honnête, si rangé. Pauvre garçon ! il a encore travaillé toute la nuit.

VICTORIA.

Toute la nuit !

FÉLICITÉ.

Dame ! sa bougie était toute neuve, et il n'en reste qu'un petit bout.

VICTORIA.

Il se rendra malade. .

FÉLICITÉ.

Avec ça qu'il est triste depuis quelque temps.

VICTORIA

Oui, j'ai cru voir aussi ..

FÉLICITÉ

Ça crève les yeux. Il n'y a que monsieur Prudhomme, vot' papa, qui ne s'aperçoive de rien. Il l'aime ben pourtant, à preuve qu'il l'a pris chez lui qu'il était tout petit, n'ayant plus ni père, ni mère, ni rien du tout; et avec ça, pas un sou pour payer les maîtres de latin et l'apprentissage à l'école de droit. Vous me direz : C'est son neveu! c'est égal, c'est toujours une bonne action. Mais de ma vie ni de mes jours, je n'ai vu un homme plus occupé que votre papa, quoiqu'il n'exerce aucune profession ; car le v'là riche à présent; ce n'est plus le temps où il était professeur d'écriture, (*imitant la voix profonde de monsieur Prudhomme*) « expert assermenté près les cours et tribunaux. »—La garde nationale par-ci, les élections par-là, et les comités et les députés, les sergents-majors, tout le diable et son train! Ça lui donne tant de besogne, qu'il n'a pas le temps de s'apercevoir si l'on a de la tristesse à la maison. Et avec tout ça, Pécheux, le tambour, prétend que dans toutes ces affaires où il se mêle, il est aussi utile qu'une cinquième roue à un carrosse. Mais je bavarde là, et mes fourneaux qui ne sont pas allumés!

VICTORIA, *la retenant.*

Dis-moi, quel chagrin mon cousin peut-il avoir ?

FÉLICITÉ.

Je ne sais pas. Mais toujours, dans sa petite chambre, là-haut, toujours à travailler... Est-ce que c'est un étudiant, ça? On s'amuse, on fait le jeune homme. Voilà ce qui s'appelle un étudiant!

VICTORIA.

Mon cousin n'est pas un mauvais sujet.

FÉLICITÉ.

Et dire que dans quelques jours il sera reçu avocat! Est-il vrai, mam'zelle, qu'il mettra une grande robe noire comme les apothicaires dans les comédies? (*Riant.*) Ah! ah! ah! que je rirai de bon cœur, quand je le verrai comme ça! Mais ce qu'il y a de mieux, c'est qu'il va gagner de l'argent, et ce n'est pas malheureux, car le pauvre garçon...

VICTORIA.

Que veux-tu dire?

FÉLICITÉ.

Je m'entends

VICTORIA.

Parle!

FÉLICITÉ.

Eh ben! j'dis qu'un jeune homme a besoin de se distraire, de s'amuser un peu, et si monsieur Édouard se prive ben souvent d'aller avec ses amis, c'est qu'il ne peut pas faire comme les autres.

VICTORIA.

Pourquoi?

FÉLICITÉ.

Dame ! la pension que son oncle lui fait, ça n'est peut-être pas ben lourd... et quand il vous a acheté quelques gros livres, je crois qu'il ne doit pas rester grand'chose dans son gousset.

VICTORIA, *à part.*

Et moi, je dépense en fantaisies... pour ma toilette... Et je n'ai pas deviné. . ah! (*Elle sort vivement.*)

SCENE II.

FÉLICITÉ, *seule.*

La v'là qui part comme une fusée! Elle rentre dans sa chambre! C'est il ce que je viens de lui dire? Hum! mam'zelle Victoire, ou Victoria, comme on l'appelle par ordre de madame qui prétend que c'est plus comme il faut, je crois que nous en tenons un bon brin pour notre cousin Édouard!... mais lui, j'ai idée qu'il ne songe qu'à ses livres!

SCENE III.

FÉLICITÉ, ÉDOUARD.

FÉLICITÉ.

Tiens! monsieur Édouard, vous arrivez à propos. Mam'zelle Victoria a quelque chose à vous dire!

ÉDOUARD.

Quoi donc ?

FÉLICITÉ.

Vous verrez ça. Elle va venir.

ÉDOUARD.

J'attendrai. (*Il s'assied et tire des papiers de sa poche.*)

LA VOIX DE PRUDHOMME, *dans la coulisse.*

Félicité!

FÉLICITÉ.

Ah! v'là m'sieu Prudhomme qui s'éveille.

LA VOIX DE PRUDHOMME.

Félicité, mon journal !

FÉLICITÉ.

Oui m'sieu! tout de suite! (*A Édouard.*) Pas plutôt les yeux ouverts qu'il a besoin de son journal... pour savoir ce qu'il pense. (*A elle-même.*) Et monsieur Ducreux son ami, un officier en retraite qui demeure au-dessus dans la maison, reçoit un autre journal qui dit tout le contraire... Ça fait qu'ils sont toujours à se disputer. J'ai envie de leur faire une niche..,

LA VOIX DE PRUDHOMME.

Félicité! mon journal !

FÉLICITÉ.

Oui, m'sieur ! je descends le chercher ! (*A Édouard.*) Ne sortez pas sans avoir vu mamzelle !

SCENE IV.

ÉDOUARD, *seul.*

Que peut-elle avoir à me dire ?... un service à me demander, peut-être? Ah ! si j'étais assez heureux... Mais ces épreuves que je viens de corriger et qu'on attend... Si mon oncle savait que ce roman publié en feuilleton dans le nouveau journal, dont il est actionnaire, c'est moi qui passe mes nuits à l'écrire! J'en tire un assez mince profit, mais j'entends dire qu'il a quelque succès. Ah! si je pouvais me faire une réputation!... Au barreau il faut tant d'années... tandis qu'un livre !. la gloire, tout peut venir en un jour... Alors je pourrais obtenir la main de ma cousine, charmante jeune fille que j'aime depuis mon enfance, mais j'ai compris en grandissant qu'elle est riche et que je ne possède rien... si je ne puis me créer une position pour la mériter, jamais je ne lui dirai mon amour. Je ne paierai pas d'ingratitude son père à qui je dois le pain que je mange et l'éducation que j'ai reçue.

PRUDHOMME, *appelant de sa chambre.*

Félicité! faut-il que j'y aille moi-même ?

ÉDOUARD.

C'est lui! courons! une demi-heure me suffira.

FÉLICITÉ, *qui revient le rencontrant à la porte.*

Eh bien?

ÉDOUARD.

Je reviens à l'instant. (*Il sort.*)

SCENE V.

FÉLICITÉ, *puis* PRUDHOMME.

FÉLICITÉ, *remettant sous bande un journal qu'elle tient à la main.*

Vite! achevons l'échange. C'est le journal de l'opposition que j'apporte à monsieur Prudhomme, c'est le journal ministériel qu'on monte à monsieur Ducreux.

PRUDHOMME, *paraissant et appelant d'une voix de stentor.*

Félicité !

FÉLICITÉ.

Voilà !

PRUDHOMME.

Si ce n'était pas abuser de votre complaisance, mademoiselle, je vous prierais de vouloir bien vous rendre à mon interpellation.

FÉLICITÉ.

Mon Dieu, le v'là votre journal, ne dirait-on pas qu'il va refroidir?

PRUDHOMME.

Mademoiselle Félicité, je serais le dernier des quadrupèdes, égaré dans un jeu de quilles, vous ne me traiteriez pas avec plus de laisser-aller. Vous vous croyez tout permis parce qu'il y a quarante ans que vous êtes dans la maison.

FÉLICITÉ.

Quarante ans !

PRUDHOMME.

De père en fille.

FÉLICITÉ.

Alors si on ne peut plus parler. .

PRUDHOMME.

Je n'ai pas la folle prétention d'exiger un tel sacrifice. Je vous prie néanmoins de me laisser lire ma feuille avec recueillement. (*Il s'assied et lit :*) 20 février 1848.

FÉLICITÉ, *à part.*

Voyons un peu s'il s'apercevra...

PRUDHOMME.

Parfait ! parfait ! parfait ! aperçus neufs et profonds ! style à la fois clair et limpide... un français digne de Cicéron. Parfait ! parfait ! parfait ! absolument ma manière de voir.

FÉLICITÉ, *à part.*

Oui, parce qu'il croit que c'est son journal.

PRUDHOMME, *lisant des yeux.*

Parfait ! parfait ! (*Avec surprise.*) Mais pardon, je n'y suis plus... qu'est-ce que c'est donc que cela ? (*Regardant le titre du journal.*) Un journal de l'opposition.

DUCREUX, *paraissant une gazette à la main.*

Un journal ministériel ! à moi !

FÉLICITÉ, *éclatant de rire.*

Ah ! ah ! ah ! ah !

DUCREUX.

C'est votre servante sans doute qui nous a joué ce tour.

PRUDHOMME, *à Félicité qui rit toujours aux éclats.*

Sortez ! mademoiselle ! sortez ! je vous en intime l'ordre. (*Il la met à la porte.*)

SCÈNE VI.

PRUDHOMME, DUCREUX, *puis* Mᵐᵉ PRUDHOMME.

DUCREUX.

Voici votre journal, rendez-moi le mien

PRUDHOMME.

Me faire lire de pareilles abominations !

DUCREUX.

Et à moi de pareilles platitudes !

PRUDHOMME.

Oh ! l'on sait bien que vous êtes de ces gens qui font de l'opposition à tout.

DUCREUX.

Et vous de ceux qui trouvent tout charmant.

PRUDHOMME.

De quoi se plaint-on ? je vous le demande. Voyons, je veux avec calme scruter la question. Est-ce que je ne gagne pas de l'argent sur les fonds et sur les actions ? Est-ce que je n'ai pas bonne table et bon gîte ? Est-ce que je ne suis pas considéré, porté sur les listes du jury, reçu dans les premiers salons de la Chaussée-d'Antin, désigné pour toutes les fonctions honorifiques, élu au grade de capitaine par mes concitoyens, et sur le point d'être avec mon épouse présenté aux bals du roi ? n'est-ce pas là un état prospère ? Encore une fois, je vous le demande, de quoi se plaint-on ?

DUCREUX.

Parbleu ! vous êtes content, et vous devez l'être. Parce que vous avez mis en pratique l'axiome de l'époque : « enrichissez-vous » parce que le hasard a servi vos spéculations à la bourse, vous l'ancien élève de Brard et Saint-Omer, vous ne rêvez plus que dignités et grandeurs.

PRUDHOMME.

Apprenez monsieur, que l'oisiveté est la mère de tous les vices. Oui, je veux être quelque chose, oui, je veux me rendre utile.

DUCREUX.

Dites plutôt que c'est la vanité qui vous pousse, l'envie de briller, d'être en évidence, en un mot, comme vous l'avouez, la manie d'être quelque chose. Parbleu ! j'en vois bien d'autres comme vous, qui pourraient vivre tranquilles et qui vont se jeter dans les places honorifiques où dans les affaires où ils ne trouvent que l'ennui, les contrariétés et le risque de perdre leur fortune, sous prétexte qu'il faut bien faire quelque chose. Comme si ce n'était pas assez, quand l'âge du repos est arrivé, de diriger ses propres affaires, de veiller sur ses enfants, sur sa maison ; enfin, de s'occuper d'être heureux.

PRUDHOMME.

La conclusion de tout ceci ?

DUCREUX.

Est que vous feriez bien de manger tranquillement vos petites rentes comme un brave et digne homme, plutôt que de vous donner le ridicule...

PRUDHOMME, *avec emportement.*

Monsieur Ducreux !

DUCREUX.

Eh ! je suis un vieux soldat, je dis franchement ce que j'ai sur le cœur.

Mᵐᵉ PRUDHOMME, *sortant de sa chambre.*

J'étais sûre que tout ce tapage était l'œuvre de monsieur Ducreux.

DUCREUX.

Bonjour, petite mère.

Mᵐᵉ PRUDHOMME.

Petite mère ! il me semble que le nom de madame Prudhomme ne vous écorcherait pas la bouche.

DUCREUX.

Voilà pourtant, sans reproche, une trentaine d'années que je vous donne ce petit nom d'amitié.

Mᵐᵉ PRUDHOMME.

Jolie amitié ! on ne peut passer avec vous une heure sans se quereller.

DUCREUX.

Nous ne nous querellons pas, nous parlons politique. Et je ris un peu des folles ambitions de mon ami Prudhomme et de sa manie d'être quelque chose, comme il dit. A l'en croire, il serait capable de gouverner le monde.

Mᵐᵉ PRUDHOMME.

Et à vous entendre, mon mari ne serait bon à rien.

PRUDHOMME.

Qu'à faire votre partie de dominos.

DUCREUX.

La Fontaine l'a dit :

> « Se croire un personnage est fort commun en France.
> » On y fait l'homme d'importance,
> » Et l'on n'est souvent qu'un... »

Mᵐᵉ PRUDHOMME.

Et vous qui faites ici le raisonneur, l'homme sage, vous êtes fort habile à trouver chez les autres de grands travers, mais les vôtres, vous ne les apercevez pas.

PRUDHOMME.

La paille dans l'œil du voisin, et la poutre...

DUCREUX.

Allons ! allons ! ne nous fâchons pas. Malgré nos petites discussions, vous savez si je vous aime. Tout cela ne nous empêchera pas, je l'espère, de marier ma fille Juliette à votre neveu Édouard comme nous l'avons décidé.

PRUDHOMME.

Non sans doute, les fautes sont personnelles.

Mᵐᵉ PRUDHOMME.

Et Juliette, d'ailleurs, je me plais à le reconnaître, ne partage aucune de vos idées. Vous qui aimez l'opposition, monsieur Ducreux, vous y avez la main.

DUCREUX.

Eh bien ! cela n'en va pas plus mal. Enfin Édouard va passer sa thèse d'avocat. Il va avoir un état.

Mᵐᶜ PRUDHOMME.

Dieu merci ! il nous a coûté assez cher.

DUCREUX.

Je vais annoncer à ma fille ce projet de mariage. Adieu, petite mère. Adieu Prudhomme. (*Il sort. Prudhomme s'assied à la table et reprend son journal.*)

SCÈNE VII.

MONSIEUR *et* MADAME PRUDHOMME.

Mᵐᵉ PRUDHOMME.

Plus je vais, moins je peux le souffrir, ton monsieur Ducreux.

PRUDHOMME, *assis et lisant son journal.*

Le fond n'est pas mauvais.

Mᵐᵉ PRUDHOMME.

Veux-tu que je te dise ? c'est un brutal, un manant, un ours des plus mal léchés.

PRUDHOMME.

Te voilà partie. Je soutiens mon dire : ce n'est pas un méchant homme.

Mᵐᵉ PRUDHOMME.

Qu'appelles-tu d'abord un méchant homme ? Est-ce celui qui viendra te frapper sur la tête à coups de hache, de massue ou de marteau ? Tu sais fort bien comme moi qu'il ne se le permettrait pas, et que tu ne t'y prêterais pas non plus.

PRUDHOMME.

J'en conviens.

Mᵐᵉ PRUDHOMME.

Monsieur le chevalier Ducreux ! chevalier ! pourquoi ne l'êtes-vous pas, vous ? pourquoi n'êtes-vous pas décoré ? Il me semble que vous avez des droits pour le moins autant que lui. Vous n'avez pas servi, c'est vrai, mais vous avez eu un remplaçant tué.

PRUDHOMME.

A mes frais.

Mᵐᵉ PRUDHOMME.

C'est un titre. Mais vous n'avez jamais su ni pu rien faire comme tout le monde, toute la vie vous vous êtes sacrifié au bonheur des autres, comme disait votre perruquier et toujours les autres en ont profité comme toujours ils en profiteront.

PRUDHOMME, se levant.

Me sera-t-il permis de placer un mot?

Mᵐᵉ PRUDHOMME.

Oh! je sais que vous ne manquerez pas d'excuses. Qu'allez-vous encore me conter?

PRUDHOMME.

Cette chose... unique objet de tes pensées...

Mᵐᵉ PRUDHOMME.

Quelle chose?

PRUDHOMME.

Ce ruban que tu souhaites à ma boutonnière...

Mᵐᵉ PRUDHOMME.

Eh bien?

PRUDHOMME.

Je l'aurai.

Mᵐᵉ PRUDHOMME.

Quand?

PRUDHOMME, mystérieusement.

Le hasard m'a fait rencontrer un jeune homme sérieux, monsieur de la Martelière... Antony de la Martelière. Grâce à son influence, à celle de sa noble et belle famille, j'espère obtenir cette récompense.

Mᵐᵉ PRUDHOMME.

Enfin!

PRUDHOMME.

Il ne nous restera plus qu'à trouver un parti brillant pour notre Victoria.

Mᵐᵉ PRUDHOMME.

Pauvre enfant!

PRUDHOMME.

Notre fille adorée.

Mᵐᵉ PRUDHOMME, s'attendrissant.

Ah!

PRUDHOMME.

Notre seul et unique espoir.

Mᵐᵉ PRUDHOMME.

Ah!

PRUDHOMME.

La gloire et la consolation de nos vieux jours.

Mᵐᵉ PRUDHOMME.

Ah! (Tout en pleurs, elle se jette sur le sein de Monsieur Prudhomme.)

PRUDHOMME.

Voyons, chère amie, voyons! Eh bien! oui. Eh bien! oui. Eh bien! oui.

Mᵐᵉ PRUDHOMME.

Non, c'est plus fort que moi. Mais je veux la marier à quelqu'un de très-bien... Il y a ce baron, ce député de vos amis qui aux dernières élections nous a fait de si belles avances.

PRUDHOMME.

Monsieur de Champabois.

Mᵐᵉ PRUDHOMME.

Pourquoi n'aurait-il pas un fils?

PRUDHOMME.

Il en a un.

Mᵐᵉ PRUDHOMME.

Pourquoi ce fils n'épouserait-il pas notre demoiselle?

PRUDHOMME.

Il l'épousera.

Mᵐᵉ PRUDHOMME.

Ah! quel bonheur! avoir une fille baronne et un mari décoré!

SCÈNE VIII.

LES MÊMES, VICTORIA.

VICTORIA.

Bonjour, mon père.

PRUDHOMME, l'embrassant.

Ma fille, mon trésor!

Mᵐᵉ PRUDHOMME.

J'ai à sortir tout à l'heure, tu viendras avec moi, tu achèteras le manteau de fourrure dont tu as envie.

VICTORIA.

J'y ai renoncé.

PRUDHOMME.

Renoncé?

Mᵐᵉ PRUDHOMME.

Tu gardais pour cela un billet de cinq cents francs.

VICTORIA, avec un peu d'embarras.

L'hiver est bien avancé, et... cela ne me tente plus du tout.

Mᵐᵉ PRUDHOMME.

C'est singulier.

VICTORIA, changeant la conversation.

Et la fête de mon cousin Édouard à laquelle nous ne songeons pas.

Mᵐᵉ PRUDHOMME.

Est-ce à ton père à la lui souhaiter?

VICTORIA.

Tu sais bien, maman, qu'il fait tous les ans, à pareille époque, un petit cadeau à mon cousin.

Mᵐᵉ PRUDHOMME.

Nous venons de lui acheter un remplaçant, ce sera pour sa fête.

PRUDHOMME.

Non, non; mais je n'ai pas songé...

VICTORIA.

Tenez, donnez-lui ce petit portefeuille, je voulais d'abord le lui offrir; mais il faut que ce soit vous; parce que... parce que ça lui fera plus de plaisir.

PRUDHOMME, prenant le portefeuille.

Allons, puisque tu le veux.

VICTORIA, à part.

J'ai réussi.

SCÈNE IX.

LES MÊMES, FÉLICITÉ, puis ÉDOUARD.

FÉLICITÉ, accourt en criant.

Le voilà! le voilà!

Mᵐᵉ PRUDHOMME.

Vous m'avez fait peur...

ÉDOUARD.

Ma tante... ma cousine!

PRUDHOMME.

Approchez, mon neveu. (Avec solennité.) Dans quelques jours va s'ouvrir devant vous la carrière. Sachez remplir la noble mission de l'avocat. Soyez le défenseur de la veuve, de l'orphelin et de quiconque vous apportera son procès.

VICTORIA.

Je suis sûre qu'il les gagnera tous.

PRUDHOMME.

Vous saurez bientôt ce que, dans notre sollicitude, d'accord avec mon vieil ami Ducreux, nous avons projeté pour votre établissement.

VICTORIA, à part.

Que dit-il?

ÉDOUARD.

Pour mon établissement?

PRUDHOMME.

Qu'il me soit permis de vous donner un conseil. Vous avez, m'assure-t-on, pour amis des artistes, des hommes de lettres; cessez de les fréquenter; ce sont de mauvaises connaissances, des gens inutiles, pour la profession desquels je n'ai et ne dois avoir aucune estime.

ÉDOUARD.

Mon oncle...

Mᵐᵉ PRUDHOMME.

A quoi est-ce bon?

PRUDHOMME.

Et maintenant, à l'occasion de votre fête, acceptez ce gage d'amitié que vous dédie une famille qui espère récolter un jour les semences d'honneur et de loyauté dont elle a nourri votre jeunesse. (Il donne le portefeuille à Édouard.)

ÉDOUARD.

Merci, mon oncle!

FÉLICITÉ.

C'est mam'zelle qui a dessiné la petite peinture.

ÉDOUARD.

Elle est charmante !

FÉLICITÉ.

Et le portefeuille, faut voir comme il est bien doublé.

VICTORIA, *vivement à Félicité.*

Tais-toi.

ÉDOUARD, *à part, après avoir ouvert le portefeuille.*

Un billet de cinq cents francs ! (*Haut et d'un ton de doux reproche.*) Ah ! mon oncle...

PRUDHOMME.

Quoi donc ?

VICTORIA, *fermant vivement le portefeuille que tient Édouard et passant entre lui et Prudhomme.*

Il est l'heure de déjeuner... venez, venez, mon papa.

PRUDHOMME.

Je sors. Il faut que j'aille... (*à sa femme*) tu sais... ce peintre, ce mauvais plaisant que tu m'as signalé...

FÉLICITÉ.

Là ! j'en étais sûre... au lieu de rester ben gentiment en famille.

Mᵐᵉ PRUDHOMME.

De quoi vous mêlez-vous ? Sortez ! sortez ! vous dis-je.

PRUDHOMME.

Je me rappelle sa demeure ; mais...

Mᵐᵉ PRUDHOMME.

Tu demanderas mademoiselle Antonine Martinelli. C'est sous ce nom qu'il se déguise pour ne pas monter la garde. Or, mes renseignements sont positifs. Mademoiselle Antonine Martinelli se nomme en réalité monsieur Antoine Marteau.

PRUDHOMME.

Je vais l'appréhender au saut du lit.

Mᵐᵉ PRUDHOMME.

Et nous le traduisons devant le conseil de discipline.

FÉLICITÉ, *qui avait disparu un moment et qui rentre.*

V'là Pécheux le tambour.

SCÈNE X.

LES MÊMES, PÉCHEUX.

PÉCHEUX.

Salut, cap'taine, et la compagnie. Je viens pour régler.

PRUDHOMME.

Mon épouse me remplacera.

PÉCHEUX.

Madame Prudhomme ?

Mᵐᵉ PRUDHOMME.

Ce n'est pas la première fois, je pense. (*A son mari.*) Va.

PRUDHOMME.

Je vole et je reviens. (*Il sort.*)

FÉLICITÉ.

Et mon déjeuner ?

Mᵐᵉ PRUDHOMME.

Tout à l'heure.

FÉLICITÉ.

Monsieur Édouard et mam'zelle pourraient toujours se mettre à table.

Mᵐᵉ PRUDHOMME.

Je vous rejoins.

ÉDOUARD, *à Victoria.*

Venez, ma cousine.

FÉLICITÉ, *à part.*

Je crois qu'ils aiment autant le tête-à-tête.

SCÈNE XI.

Mᵐᵉ PRUDHOMME, PÉCHEUX, *puis* ANTONY.

Mᵐᵉ PRUDHOMME, *s'asseyant à la table.*

Voyons, que je vous expédie... Où ai-je mis ma feuille de situation ?

PÉCHEUX.

C'est pas elle qu'est là devant vous ?

Mᵐᵉ PRUDHOMME.

Je ne la voyais pas. (*Appelant.*) Félicité ! mes lunettes ... Voilà qu'on sonne !... J'aurai plus fâ! î d' ller ch cher moi-

même... (*Elle disparaît un moment par la porte de sa chambre.*)

PÉCHEUX.

J'en ai pour une heure quand c'est elle.

FÉLICITÉ, *ouvrant la porte du fond.*

Par ici, monsieur, madame va venir. (*Elle introduit Antony sans entrer elle-même.*)

PÉCHEUX, *apercevant Antony.*

Tiens ! mademoiselle Antonine Martinelli !

ANTONY.

Chut ! voilà un cigare pour acheter ton silence. Ne dévoile pas ma qualité de peintre et mon nom du Marteau ; je suis ici monsieur Antony de la Martelière.

PÉCHEUX.

Sufficit.

Mᵐᵉ PRUDHOMME, *rentrant avec ses lunettes.*

Quelqu'un !... Que demandez-vous ?

ANTONY.

Monsieur Prudhomme ?

Mᵉ PRUDHOMME.

Il est sorti ; mais je suis son épouse, et...

ANTONY.

Je désire lui parler à lui-même. Si vous le permettez, je serai heureux de l'attendre en causant avec madame son épouse.

Mᵐᵉ PRUDHOMME.

Je n'ai pas le temps de causer, monsieur.

ANTONY.

Ne vous dérangez pas.

Mᵐᵉ PRUDHOMME, *à part, allant s'asseoir près de la table.*

Il me déplaît souverainement, ce monsieur-là. (*Au tambour.*) A nous deux. Où montons-nous aujourd'hui ?

PÉCHEUX.

A la mairie.

ANTONY, *à part.*

Comment ! c'est son épouse qui...

Mᵐᵉ PRUDHOMME.

Rien de nouveau à l'état-major ?

PÉCHEUX.

Non, cap'taine. (*Se reprenant.*) Pardon !

Mᵐᵉ PRUDHOMME.

Il n'y a pas de mal à ça.

ANTONY, *à part, s'asseyant.*

Je prends une stalle.

Mᵐᵉ PRUDHOMME.

Qu'avez-vous là ?

PÉCHEUX.

Des billets de garde.

Mᵐᵉ PRUDHOMME.

Que vous n'avez pas remis.

PÉCHEUX.

Ce n'est pas ma faute.

Mᵐᵉ PRUDHOMME.

La mienne non plus. Nous sommes très-mécontents, je ne vous le cache pas.

PÉCHEUX.

Les personnes étaient à la campagne.

Mᵐᵉ PRUDHOMME.

Au mois de février ?

PÉCHEUX.

Dame ! le portier me l'a dit.

Mᵐᵉ PRUDHOMME.

C'est celui de qui, ce billet ?

PÉCHEUX.

De monsieur Fourmois, cap'taine...pardon !

Mᵐᵉ PRUDHOMME.

Il n'y a pas de mal à ça... Voyons donc un peu ce monsieur Fourmois sur mes contrôles : 8 décembre... une entorse. — 13 janvier... sa femme est indisposée. — Cette fois-ci ?

PÉCHEUX.

Son petit a la rougeole.

Mᵐᵉ PRUDHOMME.

Mauvaise défaite. Monsieur Fourmois ira s'expliquer au conseil de discipline. (*Prenant l'autre billet que tient Pécheux.*) Et celui-ci ?

PÉCHEUX.

Déménagé.

Mᵐᵉ PRUDHOMME.

Vous le nommez?

PÉCHEUX.

Monsieur Bidard.

Mᵐᵉ PRUDHOMME.

Ah ! je ne le regrette pas... Il faudra voir à faire rentrer son fusil.

PÉCHEUX.

Oui, cap'taine... pardon !

Mᵐᵉ PRUDHOMME.

Il n'y a pas de mal à ça. Son sabre et son fourniment n'appartiennent-ils pas à l'état?

PÉCHEUX.

Je crois que oui.

Mᵐᵉ PRUDHOMME.

Vous ne savez donc rien ? C'est comme ce monsieur Marteau qui se cache sous le nom de mademoiselle Martinelli.

ANTONY, à part.

Aïe ! (Pécheux échange un coup d'œil avec Antony.)

Mᵐᵉ PRUDHOMME.

Il a fallu que je découvrisse moi-même...

PÉCHEUX.

S'il fallait faire la révision de toutes les demoiselles.

Mᵐᵉ PRUDHOMME.

M. Prudhomme y est en ce moment chez ce monsieur Marteau.

ANTONY, à part, se levant.

Chez moi ?

Mᵐᵉ PRUDHOMME.

Et nos cotisations? ça rentre-t-il?

PÉCHEUX.

Oui, cap'taine... Pardon.

Mᵐᵉ PRUDHOMME.

Il n'y a pas de mal à ça.

PÉCHEUX.

Madame n'a plus rien à me commander?

Mᵐᵉ PRUDHOMME.

Revenez à midi, après l'appel de l'état-major.

PÉCHEUX.

Salut la compagnie! (Il sort.)

Mᵐᵉ PRUDHOMME, à Antony.

Puisque Monsieur ne juge pas à propos de me dire ce qui l'amène, il me permettra d'aller déjeuner.

ANTONY.

Je serais désolé, capitaine... Pardon !

Mᵐᵉ PRUDHOMME, à part.

Ah ! il me déplaît souverainement, ce monsieur-là. (Elle sort.)

SCENE XII.

ANTONY, puis PRUDHOMME.

ANTONY.

Ah! Il faut avouer que j'ai trouvé là de bons types. Déjà M. Prudhomme m'avait semblé pyramidal, son épouse le complète. Quelle suite de bonnes mystifications j'entrevois pour mes menus plaisirs. Combien de dîners au profit de mes camarades d'atelier j'ai déjà gagnés en paris, à faire poser M. Prudhomme, continuons à cultiver une aussi précieuse connaissance.

PRUDHOMME, entrant.

Que vois-je! monsieur de la Martelière!

ANTONY.

De tout mon cœur.

PRUDHOMME.

Je dépose mon hommage. Me faire l'honneur...

ANTONY.

C'est un plaisir pour moi.

PRUDHOMME.

Et vous m'avez attendu...

ANTONY.

Je n'ai pas perdu mon temps, je vous jure. Et vous? j'ai appris que vous étiez allé...

PRUDHOMME.

Course inutile.

ANTONY.

Ah! mademoiselle Antonine Martinelli? ·

PRUDHOMME.

Ou monsieur Antoine Marteau... le connaîtriez-vous?

ANTONY.

Je ne l'ai jamais rencontré.

PRUDHOMME.

Je me plais à le croire, monsieur de la Martelière. Un homme de votre qualité ne descend pas dans la sphère d'un pareil... Je ne sais comment le qualifier...

ANTONY.

Chargez-moi de ce soin : un polisson.

PRUDHOMME.

Il mérite ce titre, monsieur, car, non content de ne pas monter sa garde, il m'a choisi pour le plastron de ses charges d'atelier.

ANTONY.

Quel drôle!

PRUDHOMME.

C'est ma bête noire.

ANTONY.

Que votre affection pour moi soit un adoucissement...

PRUDHOMME.

Votre main dans la mienne, la mienne dans la vôtre, monsieur et ami... et ami, permettez-moi ce titre.

ANTONY.

J'allais vous le proposer. Mais, dites-moi, avez-vous fait la chose en question... vous savez... pour... (Il indique sa boutonnière.)

PRUDHOMME.

J'ai là ma requête au ministre.

ANTONY.

Voyons.

PRUDHOMME, tirant un placet de sa poche.

Je débute en disant à son Excellence que si je sollicite la décoration, c'est surtout à cause de ma femme à qui cela ferait le plus grand plaisir.

ANTONY.

Bien.

PRUDHOMME.

Je dépeins le bonheur goûté dans notre union.

ANTONY.

Très-bien.

PRUD'HOMME.

J'ajoute qu'en ne me donnant pas un fils le ciel ne m'a pas permis d'inculquer à ma demoiselle les doctrines politiques que je me fais gloire de professer.

ANTONY.

De mieux en mieux.

PRUDHOMME.

Vous trouvez ?

ANTONY.

Je le serais ministre, à l'instant même je me mettrais à votre disposition.

PRUDHOMME.

Écoutez alors ce que je dis en terminant : « J'ose, Monsieur » le ministre, me croire digne de l'étoile de l'honneur. L'occa- » sion seule m'a toujours manqué pour me distinguer, sans cela » je n'eusse pas manqué de le faire... »

ANTONY.

Bravo ! bravo ! c'est sublime.

PRUDHOMME.

J'ai votre approbation?

ANTONY.

Dites mon admiration. Donnez-moi ça. (Il prend le papier.)

PRUDHOMME.

Vous voulez bien vous charger...

ANTONY.

Je vais de ce pas... (à part) l'encadrer dans mon atelier.

PRUD'HOMME.

Que de remerciements !

ANTONY.

C'est moi qui vous en dois.

SCÈNE XIII.

LES MÊMES, VICTORIA, JULIETTE.

JULIETTE, *à Victoria.*

Oui, j'ai à te parler.

ANTONY, *à Prudhomme.*

Vos demoiselles?

PRUDHOMME.

Une seulement, ma Victoria.

ANTONY, *à part.*

Diable! Elle est charmante?

PRUDHOMME.

Un ange, Monsieur, qui touche du piano comme Paganini. Un ange, un ange adoré. Mademoiselle est celle de M. Ducreux, mon vieil ami Ducreux.

ANTONY, *à part.*

Figure éveillée, charmante aussi.

VICTORIA, *à Juliette.*

Viens dans ma chambre.

ANTONY.

Ne vous dérangez pas, mesdemoiselles, je prenais congé. (*A Prudhomme.*) Ne vous donnez pas la peine...

PRUDHOMME.

Je tiens à honneur, monsieur de la Martelière, de vous reconduire jusqu'à mon seuil.

ANTONY, *saluant.*

Mesdemoiselles... (*A part.*) Charmantes toutes les deux.

SCÈNE XIV.

VICTORIA, JULIETTE.

VICTORIA.

Qu'as-tu donc à me dire en secret?

JULIETTE.

Je me marie.

VICTORIA.

Oh! que je suis contente!

JULIETTE, *l'observant.*

Avec ton cousin Edouard.

VICTORIA, *consternée.*

Ah!

JULIETTE.

Très-bien, tu l'aimes, j'en étais sûre.

VICTORIA.

Moi!

JULIETTE.

Tu viens de pâlir, et maintenant te voilà toute rouge ; sois tranquille, nous ne sommes pas encore à la mairie. C'est monsieur mon père qui avait arrangé ça avec tes parents. Ils sont étonnants les pères, ma parole d'honneur; je gage qu'un de ces quatre matins on disposera de toi aussi comme cela, sans te demander ton avis.

VICTORIA.

Ah! mon Dieu!

JULIETTE.

Eh bien, quoi? Ah mon Dieu! tu n'auras qu'à dire que tu ne veux pas, voilà tout.

VICTORIA.

Jamais je ne pourrai, je n'ai pas de force pour la résistance. Il faudrait qu'on devinât ce que je désire, car même si je sentais qu'on fait le malheur de ma vie, je ne saurais que me soumettre et me résigner.

JULIETTE.

Ah! que tu es bonne! j'ai un père, moi, qui ne vit que pour faire de l'opposition n'est-ce pas? Eh bien je te réponds que je suis sa fille, et quand il veut faire la loi, il y a une petite chambre des députés que voici (*se montrant,*) devant qui il faut d'abord que ça passe.

VICTORIA.

Mais...

JULIETTE.

Tu aimes ton cousin... tu vas déclarer que tu le veux, qu'il le faut pour mari, que tu le prends. — Voici ton père, allons, allons, tout de suite. Je reste pour te soutenir.

SCÈNE XV.

LES MÊMES, PRUDHOMME, *tenant plusieurs lettres à la main.*

PRUDHOMME, *à lui-même.*

Il est impossible d'être à la fois plus aimable et plus distingué que ce monsieur de la Martelière.

JULIETTE.

Monsieur Prudhomme, Victoria a quelque chose à vous dire.

PRUDHOMME.

Plus tard! ces lettres que le portier m'a remises..

VICTORIA.

Mon père, je vous en prie, écoutez-moi... je vous en prie!

PRUDHOMME.

Eh! bien! parle, mon enfant, tu sais si je t'aime, parle, tandis que je lirai...

VICTORIA, *bas à Juliette.*

Le cœur me manque.

JULIETTE, *bas.*

Du courage! allons!

PRUDHOMME, *décachetant une lettre.*

Eh bien?

VICTORIA,

C'est qu'il s'agit d'une chose bien difficile à dire, mais votre bonté...

PRUDHOMME, *les yeux sur sa lettre.*

Ah! un grand repas pour célébrer ma réélection de capitaine.

VICTORIA.

Mon père!

PRUDHOMME.

Continue, continue. (*Il décachette une autre lettre.*)

JULIETTE, *à Victoria.*

Va donc!

VICTORIA.

Si je tremble ainsi, vous le comprendrez, car il s'agit du bonheur de ma vie.

PRUDHOMME, *occupé de sa lettre.*

Qu'est-ce que c'est que cela? (*Avec orgueil.*) Ah! l'on sollicite ma protection.

JULIETTE.

Ah çà! vous n'écoutez donc pas votre fille ?

PRUDHOMME.

Si fait! si fait! je suis tout oreilles, va toujours.

VICTORIA, *à Juliette.*

Ah! je me décourage.

JULIETTE, *prenant sa place auprès de Prudhomme.*

Eh bien! c'est moi qui parlerai...

PRUDHOMME, *qui vient d'ouvrir une troisième lettre plus grande que les autres.*

Que vois-je!... Victoria, appelle ta mère.

JULIETTE.

Mais ce que nous avons à vous dire.

PRUDHOMME, *appelant.*

Madame Prudhomme! madame Prudhomme! (*Marchant à grands pas.*) Voilà ce qui manquait à ma gloire! (*Appelant.*) Madame Prudhomme! Félicité!

SCÈNE XVI.

LES MÊMES, Mme PRUDHOMME, *sortant de sa chambre avec* FÉLICITÉ, DUCREUX, *entrant par le fond.*

Mme PRUDHOMME.

Qu'y a-t-il?

DUCREUX.

Un événement?

PRUDHOMME.

Ah! je suis bien aise que vous soyez là, monsieur Ducreux. (*A sa femme.*) Nous sommes invités au bal du roi.

Mme PRUDHOMME.

Invités?

PRUDHOMME.

Regarde.

Mme PRUDHOMME, *prenant la lettre et lisant.*

« Monsieur et madame Prudhomme! » Ah! j'ai des éblouissements...

PRUDHOMME, *se gonflant.*

Vous voyez, monsieur Ducreux, que ma grandeur...

DUCREUX.

En attendant s'organisent partout des banquets pour la réforme.

PRUDHOMME.

Qu'est-ce que ça me fait !

Mᵐᵉ PRUDHOMME.

Aller au bal du roi ! ah ! ma fille ! (*Il*le l'embrasse.) Ah ! Félicité ! (*Elle l'embrasse.*)

FÉLICITÉ.

Ah ! madame ! j'irai vous voir entrer n'est-ce pas ?

Mᵐᵉ PRUDHOMME.

Il faut acheter ma toilette. Une robe de velours, des perles, des marabouts. Ah ! j'en deviendrai folle de joie !

PRUDHOMME, *lui ouvrant ses bras.*

Gabrielle !

Mᵐᵉ PRUDHOMME.

Joseph ! (*Elle se précipite sur son sein.*) Nous irons à la Cour !

ACTE II.

Un jardin à Gonesse. — Massifs d'arbustes et de fleurs. — Carrés de légumes. — Une table et deux chaises à droite. — Au fond, une brouette.

SCENE I.

EUSTACHE, *accroupi, taillant des tuteurs pour les arbustes* FÉLICITÉ, *entrant.*

FÉLICITÉ.

M'sieu ! madame vous fait dire... (*Reconnaissant le jardinier qui a tourné la tête.*) Tiens ! c'est Eustache le jardinier. A cause du costume, je vous prenais pour m'sieu Prudhomme not' maître.

EUSTACHE.

G'nia pas d'affront, mam'zelle. C'est vrai que depuis qu'il a fui la capitale pour venir planter des choux dans sa campagne de Gonesse, not' bourgeois se donne des airs de paysan...

FÉLICITÉ.

Qui le rendent bien ridicule, n'est-ce pas ? (*Elle s'assied sur la brouette.*)

EUSTACHE, *riant.*

J' dis pas ça, mam'zelle ; mais v'là déjà six mois d'écoulés depuis la révolution de février, et le bourgeois qui veut s'y connaîtr' mieux que moi en jardinage...

FÉLICITÉ.

Fait des sottises qu'il paye cher, comme toujours.

EUSTACHE, *continuant de travailler.*

En dépense-t-il de c't argent en plantes et en fruits qui ne fleuriront ni ne mûriront jamais !

FÉLICITÉ.

C'est dans les annonces de son journal et dans les petits livres des savants... qui ne savent rien, qu'il va chercher toutes ces graines...

EUSTACHE.

Qui ne sont, à vrai dire, que de la graine de niais.

FÉLICITÉ.

Dites-lui donc ça.

EUSTACHE.

C'est comme si je chantais. Il veut absolument se faire attraper.

FÉLICITÉ.

Vous êtes un brave et honnête garçon, vous, Eustache.

EUSTACHE.

Je m'en flatte, mam'zelle.

FÉLICITÉ, *se levant.*

Silence ! v'là m'sieu qui vient, sans doute avec quelque nouveau sac de graines.

EUSTACHE.

Non, j' crois qu'il rêve politique.

FÉLICITÉ.

Dieu ! que j'ai envie de rire ! S'il avait une cicatrice entre les deux yeux, ça serait le soldat laboureur comme dans la gravure du salon.

SCÈNE II.

LES MÊMES, PRUDHOMME, *en costume campagnard, un paletot de toile grise jeté sur une épaule, chapeau de paille, une bêche à la main.*

PRUDHOMME, *à lui-même, s'appuyant sur sa bêche.*

Non ! le grand Marius, dont je viens de relire l'histoire, ne fut pas déshonoré pour s'être allé cacher dans les roseaux de Minturnes ! Achille offensé se retira dans sa tente le jour où il n'approuva plus l'ordre des choses. Moi, je suis revenu à ma charrue. (*Il va déposer son paletot et sa bêche.*)

EUSTACHE.

Bonjour, m'sieu Prudhomme.

PRUDHOMME.

Ah ! c'est vous, Eustache ?

EUSTACHE.

Je suis content d' vous ; vous avez ben travaillé ce matin. (*Bas à Félicité en voyant Prudhomme tirer un petit sac de sa poche.*) Vous avez raison. Je crois qu'il a des graines.

PRUDHOMME.

Approchez, mon ami. Vous le voyez, je ne suis pas fier, je descends à votre niveau.

EUSTACHE, *saluant.*

M'sieu est bien honnête.

FÉLICITÉ, *à part.*

Mais je ne trouve pas, moi.

PRUDHOMME.

Bons villageois ! hommes primitifs qui avez gardé, malgré les révolutions, le respect des supériorités sociales, c'est parmi vous que je veux couler mes jours.

EUSTACHE.

C'est ça, bourgeois, nous planterons.

PRUDHOMME.

Nous sèmerons, nous ne laisserons pas un pouce de terrain dans ma propriété sans lui faire rapporter quelque chose.

FÉLICITÉ.

C'est ça. Vous planterez, vous sèmerez des pièces de cent sous qui vous rapporteront de l'herbe pour les vaches.

PRUDHOMME.

Allez-vous nous apprendre notre métier, à nous ?

FÉLICITÉ.

Ces prétendus dahlias bleus qu'on vous a vendus si cher, s'entêtent à pousser rouge, violet ou panaché.

PRUDHOMME, *montrant son petit sac.*

C'est possible, mais voici qui ne nous trompera point.

FÉLICITÉ.

Combien avez-vous encore payé cette graine-là.

PRUDHOMME.

Cela ne vous regarde pas.

FÉLICITÉ.

Il y en a bien pour dix sous. Je gage que ça vous coûte pour le moins quatre écus.

PRUDHOMME.

Quatre écus ? On vous en donnera pour quatre écus de la graine de chou colossal.

FÉLICITÉ.

Oh !

EUSTACHE, *ébahi.*

Comment que vous appelez ça ?

PRUDHOMME.

Le chou colossal. (*Eustache se cache pour rire.*)

FÉLICITÉ.

Ah ! ce n'est pas le chou que je trouve colossal !

PRUDHOMME.

Vous tairez-vous ?

FÉLICITÉ.

Les lapins seront chers cette année !

PRUDHOMME.

Allez à votre cuisine et ne déversez pas le blâme sur une science dont vous ignorez les premiers éléments.

FÉLICITÉ.

Eh bien! je suis comme vous. Et puisqu'il faut absolument que vous vous mêliez de choses que vous ne connaissez pas...

PRUDHOMME.

Je vous ordonne de vous taire. D'abord que faites-vous ici !

FÉLICITÉ.

Je voulais vous dire que le père Jacquin est venu.

PRUDHOMME, *avec colère.*

Jacquin !

FÉLICITÉ.

Et qu'il reviendra.

PRUDHOMME.

Cet affreux termier qui me demande dix mille francs de vingt cinq ares de terrain ! qu'il vienne ! je le flanque à la porte ! Pas-sez-moi le mot. Eustache ! vous sèmerez cette graine. (*Il lui donne le sac.*)

EUSTACHE.

Oui, m'sieu. (*Il rit en cachette.*)

FÉLICITÉ.

Décidément nous avalerons le chou colossal. (*Prudhomme reprend sa bêche.*)

SCENE III.

LES MÊMES, Mᵐᵉ PRUDHOMME, *en grande toilette.*

Mᵐᵉ PRUDHOMME.

Monsieur Prudhomme en vérité je ne te comprends pas, tu es là tranquillement, folâtrant avec ta bêche, quand monsieur de la Martelière va venir.

PRUDHOMME.

Il ne doit arriver que dans une heure.

Mᵐᵉ PRUDHOMME.

Et ta barbe à faire ? Et ta toilette ? car j'espère bien que tu vas changer de tout. Comme te voilà fait ! Eustache ! que la grande allée soit ratissée. Des fleurs pour les vases, les plus beaux fruits pour le dessert.

FÉLICITÉ, *à Eustache.*

Allez donc ! n'entendez-vous pas que c'est pour monsieur de la Martelière.

EUSTACHE, *bas à Félicité.*

C'est donc comme ça qu'il se nomme, à présent ?

FÉLICITÉ.

A présent ?

EUSTACHE.

Il y a beau temps que je le connais votre monsieur... comment dites-vous ça !

Mᵐᵉ PRUDHOMME.

Eh bien, Eustache, exécutez mes ordres. (*A Félicité.*) Et vous, mettez le couvert. (*Félicité sort du côté de la maison et Eustache par la droite avec sa brouette, Prudhomme a mis son paletot de toile.*)

SCÈNE IV.

PRUDHOMME, Mᵐᵉ PRUDHOMME.

Mᵐᵉ PRUDHOMME.

Et toi, va t'habiller.

PRUDHOMME.

J'ai le temps.

Mᵐᵉ PRUDHOMM.

Vas y tout de suite. Et tu m'appelleras pour que je te mette ta cravate.

PRUDHOMME.

Gabrielle, tu me sembles tout en émoi.

Mᵐᵉ PRUDHOMME.

Je me suis mis là qu'aujourd'hui se déciderait le mariage de notre fille.

PRUDHOMME.

Monsieur de Champabois...

Mᵐᵉ PRUDHOMME.

Tu sauras plus tard.

PRUDHOMME.

Mais dans ce temps de révolution, quand le sol tremble sous nos pas, est-il un établissement possible ? Est-ce qu'on se marie encore ?

Mᵐᵉ PRUDHOMME.

Cette bêtise ! En vérité, monsieur Prudhomme, la politique te fait perdre l'esprit.

PRUDHOMME.

Sois tranquille... je suis prudent, je ne dis rien dans les promenades publiques... où je ne vais jamais, mais qu'il me soit permis de gémir dans mon for intérieur.

SCENE V.

LES MÊMES, VICTORIA, EDOUARD *et* FÉLICITÉ.

VICTORIA, *accourant.*

Mon père voici mon cousin Edouard qui vient nous faire visite.

Mᵐᵉ PRUDHOMME, *contrariée.*

Edouard. (*Prudhomme va au-devant de son neveu et lui serre la main.*)

EDOUARD.

Il y a si longtemps que je ne vous ai vus.

PRUDHOMME.

Tu as eu une bonne idée.

Mᵐᵉ PRUDHOMME, *bas à Prudhomme.*

Qu'est-ce que tu dis donc ? (*Elle passe entre Prudhomme et Edouard.*) Certainement, Edouard, votre oncle et moi nous sommes charmés... mais nous nous consolions de votre absence en pensant que vos affaires vous retenaient à Paris. Un jeune avocat, inscrit au tableau... Vous savez l'intérêt que je vous porte, je voudrais vous voir très-occupé, gagnant beaucoup d'argent...

EDOUARD.

J'espère que cela viendra.

Mᵐᵉ PRUDHOMME.

Ma fille, il faut aller passer une robe de soie.

VICTORIA.

Une robe de soie ? à la campagne. Ne suis-je pas bien comme cela ?

EDOUARD, *à part.*

C'est ainsi que je l'aime.

Mᵐᵉ PRUDHOMME.

Nous attendons du monde, tu mettras tes bijoux, tes bracelets. Quand on est riche, il faut le montrer.

EDOUARD, *à part.*

Riche ! voilà l'obstacle à mon bonheur.

Mᵐᵉ PRUDHOMME.

N'est-il pas vrai, monsieur Prudhomme ?

PRUDHOMME, *qui est allé s'asseoir près de la table, où il s'occupe à mettre des petits cartons pour étiquettes à ses tuteurs.*

Certainement ! certainement ! mais du train dont vont les choses, les actions qui dégringolent, des locataires qui me paient trois termes avec un drapeau, si cela continue je serai bientôt ruiné.

EDOUARD, *avec un sentiment de joie involontaire.*

Ruiné !

Mᵐᵉ PRUDHOMME.

Cela vous réjouit, à ce qu'il paraît ?

EDOUARD.

Non, non.

Mᵐᵉ PRUDHOMME.

Je ne suis pas aveugle, Dieu merci ! et le mouvement de joie qui vous est échappé...

PRUDHOMME, *se levant.*

J'aurais peine à comprendre...

VICTORIA, *à part.*

Moi, je devine sa pensée.

Mᵐᵉ PRUDHOMME.

Sacrifiez-vous donc pour un neveu... Dépensez pour lui les yeux de la tête...

VICTORIA.

Ma mère !...

Mᵐᵉ PRUDHOMME.

Voilà votre récompense !

EDOUARD.

Ma tante, mon oncle, il n'est pas besoin de me rappeler tout ce que je vous dois de reconnaissance. Après la mort de mon pauvre père, vous m'avez recueilli enfant, orphelin; croyez que je n'oublierai jamais vos bienfaits.

PRUDHOMME.

Nous ne te les reprochons pas au moins.

EDOUARD.

Je le sais, mais j'attendais avec impatience le moment où je pourrais me suffire à moi-même. Ce moment est venu, mon oncle, mon travail est aujourd'hui productif.

FÉLICITÉ, *à part.*

Pauvre garçon ! que de vertu il lui faut pour mentir comme ça !

EDOUARD.

Je viens donc vous prier, en vous remerciant de nouveau du fond de mon cœur, de supprimer la pension que vous m'avez faite jusqu'aujourd'hui.

PRUDHOMME.

Comment ?... tu es déjà avancé à ce point.

EDOUARD.

Oui, mon oncle.

FÉLICITÉ, *à part.*

C'est qu'il le croit !

PRUDHOMME.

Je t'en félicite, mon garçon. Ah çà! il faudra placer ton argent.

FÉLICITÉ, à part.

Placer son argent!

PRUDHOMME.

Je te conseille les Nord et les Orléans. J'y ai gagné quelques pistoles avant la révolution.

ÉDOUARD.

Permettez-moi d'abord de vous rendre ce billet de cinq cents francs qu'un jour vous avez glissé, à mon insu, dans ce portefeuille...

VICTORIA, à part.

Oh! ciel!

Mᵐᵉ PRUDHOMME.

Comment?

ÉDOUARD.

Et que je n'ai jamais considéré que comme un prêt.

Mᵐᵉ PRUDHOMME, à son mari.

Vous lui avez donné cinq cents francs?

PRUDHOMME.

Moi! du tout!

FÉLICITÉ, à part, remarquant le trouble de Victoria.

Je devine.

Mᵐᵉ PRUDHOMME.

Vous le niez? Qu'est-ce que cela veut dire?

FÉLICITÉ, à part.

Pauvre mamzelle Victoria! comment la tirer de là?

Mᵐᵉ PRUDHOMME, à Édouard.

M'expliquerez-vous cette énigme?

FÉLICITÉ, venant se placer entre Mᵐᵉ Prudhomme et Édouard.

Madame, donnez-moi la clef de l'armoire au linge.

Mᵐᵉ PRUDHOMME, éloignant Félicité.

Tout à l'heure. (A Édouard.) Que signifie ce que vous venez de dire? que me cache-t-on? Tout le monde ici semble embarrassé, jusqu'à Victoria qui devient rouge comme une cerise.

VICTORIA.

Moi!

ÉDOUARD, à part, après avoir regardé Victoria.

Oh! quel soupçon! (A Mᵐᵉ Prudhomme, vivement.) Ma tante, reprenez cet argent qui ne m'appartient pas.

Mᵐᵉ PRUDHOMME.

Gardez, Monsieur, puisque votre oncle...

ÉDOUARD.

Non, non, je vous en supplie.

Mᵐᵉ PRUDHOMME, prenant le billet.

Soit! Mais je vous le conserve, puisqu'on vous l'a donné.

PRUDHOMME.

Je ne sais ce qu'il veut dire avec son billet. Cela n'est pas dans mes habitudes, quand j'ai de l'argent, je le place.

Mᵐᵉ PRUDHOMME.

Alors je veux savoir...

FÉLICITÉ, intervenant.

Madame! Madame! j'entends l'omnibus qui amène les voyageurs de Paris.

Mᵐᵉ PRUDHOMME.

Vite, monsieur Prudhomme, tu vas aller au-devant de la personne que nous attendons.

PRUDHOMME.

C'est mon devoir. (Il rajuste sa cravate.)

VICTORIA, serrant la main à Félicité.

Merci!

FÉLICITÉ, à part.

J'étais bien sûre d'avoir deviné.

Mᵐᵉ PRUDHOMME.

Plus tard je saurai quel est tout ce mystère. Allons! allons! chacun à son affaire. (A Victoria.) Va chez la femme d'Eustache commander un panier de fraises. (A Félicité.) Vous, à la cuisine. (A son mari.) Comment! monsieur Prudhomme, tu n'es pas encore parti! Mais va donc! Et moi au salon. (Elle sort du côté de la maison, et monsieur Prudhomme par l'allée à droite.)

VICTORIA, bas à Félicité.

Merci encore! merci!

FÉLICITÉ, à part.

Les pauvres enfants! (Elle sort.)

SCÈNE VI.

ÉDOUARD, VICTORIA.

ÉDOUARD.

J'ai tout compris! c'est vous!... Ah! je ne puis définir ce que j'éprouve... c'est de la reconnaissance, et malgré moi, dans mon cœur... je sens l'humiliation!...

VICTORIA.

Edouard! c'est un vilain orgueil. Votre mère, si elle vivait encore, aurait-elle rougi d'accepter de son frère?... Et ne sommes-nous pas leurs enfants?

ÉDOUARD.

Mais votre cœur généreux s'est abusé dans sa crainte. Votre père, croyez-le, ne m'a jamais laissé manquer de rien. Dieu me permettra de lui rendre un jour... Pourquoi faut-il que des devoirs impérieux, la nécessité de m'ouvrir une carrière, m'aient séparé de vous... de votre famille?

VICTORIA.

Vous avez de l'ambition?

ÉDOUARD.

Oui, il est un fantôme que je poursuis avec ardeur et que, peut-être, je n'atteindrai jamais.

VICTORIA.

Ayez confiance dans l'avenir.

ÉDOUARD.

C'est un cruel exil que celui que je m'impose!

VICTORIA.

J'en souffre aussi, croyez-le.

ÉDOUARD.

Vous?

VICTORIA.

Dpuis notre séparation tout m'attriste et m'ennuie. Il y a bien longtemps que je n'avais souri comme aujourd'hui.

Ah! c'est du courage que j'emporterai d'ici. Et j'en ai tant besoin. Si vous saviez quelle tristesse fait naître mon isolement! Dans mes rêves, je vous vois souffrante, morte ou mariée! mariée à un inconnu qui vous emmène loin de nous

VICTORIA.

Édouard! Jamais! jamais!

ÉDOUARD.

Qu'entends-je? Ce mot que vous venez de prononcer... puis-je l'interpréter comme une espérance? Vous autorisez mon amour?

VICTORIA.

Je ne devrais pas vous le dire.

ÉDOUARD.

Ah! ne vous reprochez pas cette joie du ciel que vous me donnez. Ne rougissez pas de cet aveu dont un cœur honnête comme le mien comprend toute la pureté. Vous m'aimez! est-i. vrai?

VICTORIA.

Il faut tout confier à nos parents.

ÉDOUARD.

Attendons encore. Une glorieuse carrière — une autre que celle où j'étais destiné — semble assurer le succès de mes efforts. Laissez-moi me faire une position et dans un an j'irai demander votre main.

VICTORIA.

Dès aujourd'hui mon cœur est à vous tout entier.

ÉDOUARD.

Victoria!

VICTORIA.

Rentrons à la maison.

ÉDOUARD.

Quelques minutes de promenade ensemble, votre bras appuyé sur le mien comme autrefois.

EUSTACHE, entrant.

Mam'zelle, venez-vous chercher le panier de fraises?

ÉDOUARD.

Permettez-moi de vous accompagner, j'ai tant de chose à vous dire.

LA VOIX DE PRUDHOMME.

Par ici.

ÉDOUARD.

Venez, venez. (Ils disparaissent.)

SCÈNE VII.

PRUDHOMME, DUCREUX, JULIETTE, ANTONY.

PRUDHOMME, *entrant.*

Par ici ! par ici !

JULIETTE.

Tiens ! il est gentil votre jardin, très-gentil !

ANTONY.

Des choux ! des potirons !

JULIETTE.

Des roses !

PRUDHOMME, *offrant à Juliette une rose qu'il vient de cueillir.*
Permettez-moi de vous présenter une de vos sœurs.

JULIETTE.

Ah ! monsieur Prudhomme !

ANTONY.

Le madrigal est joli. (*A Prudhomme.*) Comme je vous le disais, j'ai rencontré, sur le boulevard Saint-Denis, monsieur et mademoiselle qui discutaient la question de savoir s'ils iraient dîner à Montmorency ou à Pantin.

PRUDHOMME, *à Ducreux.*
Toujours des opinions divergentes dans le sein de votre famille.

JULIETTE.

C'est papa qui n'est jamais raisonnable.

DUCREUX.

C'est mademoiselle qui veut toujours faire à sa tête.

ANTONY.

J'ai dit que j'allais chez monsieur Prudhomme à Gonesse, où je viens quelquefois me divertir.

PRUDHOMME.

Vous êtes trop bon.

JULIETTE.

Et j'ai déclaré à papa qu'il pourrait satisfaire une autre fois sa passion pour Pantin.

ANTONY, *à part.*

Elle est drôlette.

DUCREUX.

Ah çà, voilà six mois que nous ne nous sommes vus

PRUDHOMME.

L'orage d'une révolution a passé sur nos têtes... et vous devez nager dans la joie.

DUCREUX.

Pourquoi donc ?

PRUDHOMME.

Vous qui étiez de l'opposition la plus avancée sous le gouvernement déchu.

DUCREUX.

Je vous prie de croire que j'en suis encore. J'ai des principes.

JULIETTE.

Les principes de papa consistent à être toujours de l'opposition.

DUCREUX, *à Prudhomme.*

Et cette fois vous en êtes aussi, mon gaillard.

PRUDHOMME.

Certes, nous ne disputerons plus.

DUCREUX.

Si fait ! car je suis persuadé que nous ne voulons pas la même chose. Moi, j'ai ma petite idée...

JULIETTE.

Ah ! je vous avertis, messieurs, que je ne suis pas venue à la campagne pour entendre parler politique.

PRUDHOMME.

Elle a raison. Voulez-vous visiter mes espaliers, mes boutures, ma melonière ?..

DUCREUX.

Ah ! ah ! voilà le bout de l'oreille du propriétaire... mais soit ! viens, Juliette.

JULIETTE.

Non, allez-y sans moi.

DUCREUX.

Alors allons présenter nos compliments à madame Prudhomme. Tu iras voir ensuite mademoiselle Victoria.

JULIETTE.

J'irai d'abord voir Victoria et je vous rejoindrai ensuite chez madame Prudhomme.

ANTONY, *à part.*
Je raffole de cette petite fille-là. Mademoiselle Victoria est sans doute très... mais celle-ci est bien plus... enfin j'aurais de la peine à choisir.

DUCREUX, *à sa fille.*

Mais il me semble...

ANTONY.

Monsieur Ducreux, vous avez promis de ne plus tyranniser mademoiselle Juliette. D'abord moi, je me mets de son parti.

DUCREUX, *à part.*

Décidément il lui fait la cour. (*Haut.*) Venez-vous, Prudhomme ?

ANTONY, *à Ducreux.*

Pardon, je vous prie de me céder pour quelques minutes notre aimable amphitryon. J'ai à lui faire une importante communication.

PRUDHOMME.

A moi, monsieur ? tout à vos ordres. (*Il remonte quelques pas avec Ducreux et Juliette et leur montre la direction qu'ils doivent prendre.*)

ANTONY, *à part.*

Celle-ci va être dure à faire digérer, mais c'est une trop bonne pâte d'homme pour ne pas me faire gagner encore ce pari-là

SCÈNE VIII.

ANTONY, PRUDHOMME.

PRUDHOMME.

Je vous écoute avec recueillement.

ANTONY.

Monsieur, ne vous êtes-vous jamais aperçu que vous fussiez orateur ?

PRUDHOMME.

Non, monsieur, jamais !

ANTONY.

J'aurai donc le plaisir de vous l'apprendre. Oui, monsieur, votre voix ample et sonore, votre geste magistral, votre phrase étoffée et quelque peu redondante ont depuis longtemps fixé mon attention et je me suis dit : Voilà un orateur.

PRUDHOMME.

En vérité, monsieur, vous me surprenez.

ANTONY.

Oui, vous possédez au plus haut degré cet instrument politique que l'on appelle la parole. Bienheureux celui qui en joue ! permettez-moi cette métaphore.

PRUDHOMME.

Je permets, monsieur, je permets.

ANTONY.

Je parie, monsieur, que vous parleriez trois heures sans vous fatiguer.

PRUDHOMME.

Vous allez blesser ma modestie.

ANTONY.

Vous n'avez pas le droit d'être modeste; pardonnez-moi ma rude franchise.

PRUDHOMME.

Je pardonne, monsieur, je pardonne.

ANTONY.

Je me demande comment il se fait, avec votre talent et vos poumons, que vous n'ayez pas encore songé à vous présenter comme candidat à l'Assemblée constituante.

PRUDHOMME.

Je vous avoue ingénument, monsieur, que jamais, au grand jamais, je n'avais porté mes vues aussi haut.

ANTONY, *à part.*

Il mord à l'hameçon.

PRUDHOMME.

Je parle longtemp, c'est vrai... mais c'est quand je traite des sujets usuels, comme, par exemple, quand je gronde ma cuisinière sur un gigot trop cuit ou sur un miroton manqué, ou encore lorsque je m'épanche dans le sein d'un ami comme que dirait dans le vôtre, respectable jeune homme envoyé dans mes foyers par les dieux protecteurs !

ANTONY.

Bravo ! je demande l'impression !... Pardon ! je me croyais déjà à la Chambre. Ainsi, c'est convenu, il y a une nomination à faire dans cet arrondissement, vous vous portez candidat.

12   GRANDEUR ET DÉCADENCE DE M. JOSEPH PRUDHOMME.

PRUDHOMME.

Comme vous y allez! malepeste! croyez-vous donc que je me fasse illusion sur mon peu de mérite?

ANTONY, à part.

Ah! diable!

PRUDHOMME.

Je pourrais aussi bien qu'un autre devenir représentant, préfet ou même ministre... mais on doute de ses facultés...

ANTONY.

Cincinnatus! quittez votre charrue! je vous le dis du fond de cœur et avec l'énergie de la conviction : Ma parole d'honneur! vous êtes digne de sauver le Capitole !

PRUDHOMME.

Ah! ce mot me décide, ce mot me décide.

ANTONY.

Vous vous rendez?

PRUDHOMME.

A quand l'assemblée préparatoire des électeurs?

ANTONY.

Demain.

PRUDHOMME.

Je leur parlerai; mais il y a des formules que j'ignore.

ANTONY.

Ne suis-je pas là?

PRUDHOMME.

C'est juste. Si vous me donniez à huis-clos une petite leçon d'éloquence. ·

ANTONY.

Avec plaisir. Je vais, pour commencer, vous donner quelques notions élémentaires. D'abord vous buvez un verre d'eau.

PRUDHOMME.

Sucrée?

ANTONY.

·Vous boutonnez votre habit.

PRUDHOMME.

C'est facile.

ANTONY.

Vous passez la main dans vos cheveux.

PRUDHOMME.

J'en aurai·

ANTONY.

Et frappant sur la table...

PRUDHOMME.

Qui simule le marbre du forum.

ANTONY.

Vous lancez sur vos adversaires l'avalanche de votre rhéto-rique ; et si vous perdez le fil de votre discours, en attendant que vos idées reviennent, ou qu'elles ne reviennent pas, vous vous écriez : « J'ai le droit de parler! » puis, après avoir bu un nouveau verre d'eau sucrée, vous retournez à votre place...

PRUDHOMME.

Complimenté par mes électeurs dont j'ai conquis les suffrages.

ANTONY.

C'est cela.

PRUDHOMME.

Je saisis, c'est parfait.

ANTONY.

Ce soir, nous rédigeons nos circulaires.

PRUDHOMME, voyant venir sa femme de loin.

Silence! que madame Prudhomme ignore tout.

ANTONY, à part.

Je ne troquerais pas mon Prudhomme contre une ferme en Normandie.

SCENE IX.

LES MÊMES, Mᵐᵉ PRUDHOMME.

Mᵐᵉ PRUDHOMME.

Monsieur de La Martelière, votre servante! Soyez le bien-venu! (A Prudhomme.) Je n'en dirai pas autant de votre mon-sieur Ducreux. Il est inouï qu'on vienne ainsi sans être invité... Vous devriez lui faire sentir...

PRUDHOMME.

Il est mon ennemi politique, cela m'impose le devoir de lui offrir le pain et le sel.

Mᵐᵉ PRUDHOMME.

Taisez-vous avec votre politique.

PRUDHOMME.

Non, je ne me tairai pas ; j'ai le droit de parler... Cincin-natus a bien quitté sa charrue, je vous le dis avec l'énergie de la conviction : Ma parole d'honneur! je suis digne de sauver le Capitole !

Mᵐᵉ PRUDHOMME.

Quel galimatias nous faites-vous là! A force de jardiner en plein soleil, auriez-vous attrapé une fièvre chaude?

ANTONY.

Rassurez-vous; monsieur se porte à ravir.

Mᵐᵉ PRUDHOMME.

Il faut que ce soit vous qui me le disiez, monsieur de la Mar-telière; vous ne sauriez vous tromper, vous si jeune encore, et déjà si mûr par le jugement, par l'esprit ..

ANTONY.

Madame!... (A part.) Est-ce qu'elle va me faire une décla-ration?...

Mᵐᵉ PRUDHOMME.

Vous devez être l'orgueil de votre noble famille... N'aurons-nous pas l'honneur, un de ces jours?...

PRUDHOMME.

N'aurons-nous pas l'honneur. .

ANTONY, à part.

Ah diable!... (Haut.) C'est que... ma noble famille... n'habite pas la France, et puis... je n'ai plus qu'un oncle, un duc suisse.

PRUDHOMME.

Un duc suisse!...

Mᵐᵉ PRUDHOMME, enthousiasmée.

Un duc suisse!... (Bas à Prudhomme.) Quel gendre nous au-rons là !

PRUDHOMME, de même à sa femme.

Un gendre?...

Mᵐᵉ PRUDHOMME.

C'est lui... c'est lui que j'ai choisi.

PRUDHOMME.

Mais, croyez-vous...

Mᵐᵉ PRUDHOMME.

Il aime Victoria, j'en suis sûre... Sous un prétexte adroit, je vais provoquer ses confidences.

ANTONY, à part.

Qu'ont-ils donc à chuchotter ainsi?...

Mᵐᵉ PRUDHOMME.

Monsieur de la Martelière, veuillez m'offrir votre bras pour faire le tour du jardin.

ANTONY.

A vos ordres, madame.

Mᵐᵉ PRUDHOMME, à part.

Je vais risquer directement ma proposition.

EUSTACHE, accourant.

Monsieur, voilà une visite.

Mᵐᵉ PRUDHOMME.

Encore!... mon dîner est mis en état de siège.

EUSTACHE.

C'est le père Jaquin.

PRUDHOMME, bondissant.

Jaquin !

ANTONY, contrarié.

Jaquin !

PRUDHOMME, avec colère.

Qu'il aille au diable!... (Se ravisant.) Nou... (A Antony) Il peut me donner sa voix pour l'élection!

ANTONY, vivement.

Nous vous laissons avec lui. (A part.) Que le père Jaquin ne m'aperçoive pas ici. (A Mᵐᵉ Prudhomme.) Votre bras... Venez, venez... (Il l'entraîne dans le jardin.)

PRUDHOMME, à Eustache.

Une bouteille de vin, des verres! (A lui-même.) Oui, il faut qu'il me donne sa voix.

SCENE X.

JAQUIN, PRUDHOMME

JAQUIN.

Pardon! excuse !... Vous êtes p'têt' étonné de me voir?

PRUDHOMME.

Dites enchanté, monsieur Jaquin, enchanté c'est le mot...
(*A part.*) Flattons ce manant. (*Haut.*) Viendriez-vous pour la
pièce de terre en question ?

JAQUIN.

Plus tard nous en recauserons.

PRUDHOMME.

Qu'est-ce donc alors qui me procure l'honneur de votre visite

JAQUIN.

Je vas vous dire. (*A part.*) Faut voir à l'entortiller pour qu'il
me donne sa voix à l'élection préparatoire. (*Haut avec emphase, après avoir toussé, et comme s'il récitait une leçon.*) « L'horizon politique se rembrunit. Nous dansons plus que jamais sur
un volcan. Le char de l'état conduit par des mains inexpérimentées s'enfonce dans l'ornière de l'impossible... »

PRUDHOMME.

Mais pardon, j'ai lu cela dans le journal.

JAQUIN.

Moi aussi je l'ai vu, et c'est parce que je trouve que c'est
bé dit...

PRUDHOMME.

Vous venez donc pour me parler...

JAQUIN.

Des élections !

PRUDHOMME, *à part.*

Pour se réconcilier il vient m'offrir sa voix. (*Haut.*) Donnez-
vous donc la peine de vous asseoir... vous allez vous rafraîchir.
(*Eustache rentre et dépose sur la table la bouteille que Prudhomme
a demandée.*)

JAQUIN.

C'est ça, nous causerons mieux.

PRUDHOMME.

Donnez-moi votre chapeau. (*Il le prend, puis, ne sachant où
le mettre, il le jette à terre et s'assied.*) Monsieur Jaquin, permettez-moi de vous faire un aveu.

JAQUIN.

Allez vot' train.

PRUDHOMME.

J'éprouve le besoin de vous dire que vous êtes de tout le canton l'homme dont j'estime le plus et la personne et le caractère.

JAQUIN.

Vous êtes ben honnête.

PRUDHOMME.

Maintenant, parlez, je suis tout oreilles. Je bois vos paroles,
si je puis m'exprimer ainsi.

JAQUIN, *à part.*

Allons ! ça va déjà pas tant mal.

PRUDHOMME, *de même.*

Je crois l'avoir charmé.

JAQUIN.

Monsieur Prudhomme, j'ai à vous dire une chose.

PRUDHOMME.

Dites, mon cher monsieur Jaquin.

JAQUIN.

J'ai pas la chose, vous savez, de manier la parole, mais faut
pas moins que je vous dise que vous êtes aussi, voyez-vous, dans
mon idée, un des plus malins du canton, y a pas là à dire.

PRUDHOMME.

Cette opinion que vous formulez sur mon compte me flatte au
premier chef, croyez-le bien; mais au fait, cher monsieur Jaquin,
au fait, je vous en conjure.

JAQUIN.

Faut-il parler là... c'qui s'appelle... franchement ?... le cœur
sur la main ?

PRUDHOMME.

Je vous y convie.

JAQUIN

D'abord j'y vas pas moi par quat' chemins... aussi franc là,
comme j' m'appelle Jaquin d'mon nom. Y a là, voyez-vous, ni
porte de devant ni porte de derrière, ni rien. Je pourrais aussi
ben vous mett' dedans, qu'autrement... vous n'y verriez que du
feu; c'est pas ça. Vous, vous êtes bourgeois, je suis de la campagne : les hommes sont des hommes.

PRUDHOMME.

Grande vérité! monsieur Jaquin, grande vérité! oui, les
hommes sont des hommes. De plus, je l'ai toujours dit : les hommes sont égaux. Il n'y a de véritable distinction que la diffé-
rence qui peut exister entre eux.

JAQUIN.

Ah ! que c'est bé dit ! que c'est bé dit!... Pour lors, nous
v'là deux citoyens ensemb', deux vrais citoyens; nous voulons le
bien du pays, eu général, et le not' propro en particulier, il
s'agit de nous entendre pour entraver la marche du pouvoir.
Le pouvoir n'ira jamais ben, que si on entrave sa marche.

PRUDHOMME.

C'est une vérité incontestable.

JAQUIN.

Nous nous comprenons.

PRUDHOMME.

A merveille.

JAQUIN.

Parce que vous êtes un homme, vous qu'a de l'esprit. Mais
tenez, une supposition qu'aujourd'hui pour demain on vous
nomme à la constituante, seriez-vous dévoué à votre arrondissement...

PRUDHOMME.

Si je le serais, cher monsieur Jaquin, mais je le porterais dans
mon cœur ! mais je le considérerais comme mon père !

JAQUIN.

Vous demanderiez pour lui toute espèce de choses, des faveurs
en masse.

PRUDHOMME.

Oui.

JAQUIN.

Et comme ceux qui vous auraient fait nommer sont de l'arrondissement, pas de doute qu'ils auraient, ceux-là, la meilleure
et la plus fin fine part du gâteau ? pas vrai?

PRUDHOMME.

Certainement. (*A part.*) Il fait ses conditions.

JAQUIN.

Eh ben, moi la même chose, je serais tout comme vous.

PRUDHOMME.

Touchez là, mon cher monsieur Jaquin.

JAQUIN, *à part.*

J'ai sa voix.

PRUDHOMME, *à part.*

J'ai conquis son suffrage (*Haut.*) Et disposez de mon crédit,
c'est convenu, vous et vos amis vous votez pour moi.

JAQUIN.

Comment? comment ça pour vous ?

PRUDHOMME.

Ne venez-vous pas de me le dire?

JAQUIN.

Mais c'est vous qui votez pour moi.

PRUDHOMME, *se levant.*

Tu quoque, monsieur Jaquin! vous oseriez briguer les suffrages ?

JAQUIN.

Pourquoi donc pas aussi ben comme vous?

PRUDHOMME.

Vous, un homme sans éducation ?

JAQUIN, *se levant.*

Tiens, tiens... savez-vous que malgré que vous soyez malin,
je pourrais core vous faire charrier droit, m'sieu le maître d'é-
cole.

PRUDHOMME.

Maître d'école !... (*Il marche à grands pas.*)

JAQUIN.

Et ça se donne des airs! et ça vient cheux nous soutirer les
voix des citoyens honnêtes.

PRUDHOMME.

C'est vous, monsieur, qui par des manœuvres que je m'abs-
tiens de qualifier, voulez m'extorquer la mienne.

JAQUIN.

Escroqueur vous-même, vieux prop' à rien.

PRUDHOMME.

Vieux pro... monsieur Jaquin !

JAQUIN.

Après.

PRUDHOMME.

Vous êtes un...

JAQUIN.

Un quoi ?

PRUDHOMME.

Un manant, un malotru.

JAQUIN.

Holà, ho ! pas de mots, ou nous allons voir aut' chose. (*Il caresse sa canne.*)

PRUDHOMME.

Des menaces ! sortez de chez moi, monsieur, sortez de chez moi !

JAQUIN.

Ça se trouve ben, moi qui ne demande pas mieux, propriétaire ed' choux et d'carottes, on vous en dégoisera d'main devant les électeurs.

PRUDHOMME.

Ne m'exaspérez pas !

JAQUIN.

Avec une tête comme ça, ça veut avoir des voix. (*Riant.*) Ah ! ah ! ah! (*Il sort.*)

PRUDHOMME, *hors de lui.*

Ah ! cuistre !

ÉDOUARD, *entrant avec* Victoria.

Qu'est-ce donc, mon oncle ?

PRUDHOMME.

Rien, rien. Ah! goujat! ah! croquant. (*Il sort à la poursuite de Jaquin.*)

SCÈNE XI.

ÉDOUARD, VICTORIA, *puis* JULIETTE.

VICTORIA.

Rentrons à la maison.

JULIETTE, *accourant.*

Enfin je vous trouve.

VICTORIA.

Toi ici ! Ah ! que je suis contente!

JULIETTE.

Embrasse-moi vite et ne perdons pas de temps. Qu'avez-vous à m'apprendre ?

VICTORIA, *avec joie.*

Ah! ma chère Juliette ! il m'aime!

JULIETTE.

Après.

ÉDOUARD.

Son amour répond au mien.

JULIETTE.

Après.

VICTORIA.

Dans un an il demandera ma main à mon père.

JULIETTE.

Dans un an ! si vite que ça ! De quel train de poste vous menez les affaires ! mais vous ne savez donc pas, malheureux enfants, qu'il se machine quelque chose.

ÉDOUARD.

Quoi donc ?

JULIETTE.

Je ne vous dirai pas au juste. C'est Félicité qui vient d'entendre une conversation de madame Prudhomme, là, tout à l'heure dans le jardin. Avec qui ? Je l'ignore ; ce que c'est ? Je n'en sais rien. Elle n'a eu que le temps de me dire ce que je vous répète : qu'il se machine quelque chose. Puis elle a couru après le jardinier, j'ai couru après elle, et j'ai entendu ceci : « Vous le connaissez, vous me l'avez dit ce matin, je veux savoir son vrai nom. » Réponse du jardinier que je n'ai pas saisie. Exclamation de Félicité qui s'est mise à courir dans le village comme si elle allait chercher quelqu'un. Voilà ce qui s'est dit, voilà ce qui s'est fait. Comprenez-vous?

VICTORIA.

Non.

ÉDOUARD.

Ni moi.

JULIETTE.

Ni moi; mais il y a un danger qui nous menace, j'en suis sûre.

ÉDOUARD.

Vous me faites trembler.

JULIETTE.

Chut! Voici tes parents.

SCÈNE XII.

LES MÊMES, PRUDHOMME, *rentrant avec* DUCREUX *d'un côté, et de l'autre* Mme PRUDHOMME *avec* ANTONY.

Mme PRUDHOMME.

Bonne nouvelle, monsieur Prudhomme, tout est convenu. (*A Victoria.*) Ma fille, voilà ton mari.

VICTORIA, *à part.*

Ah ! mon Dieu !

ÉDOUARD, *à part.*

Son mari !

JULIETTE, *à part.*

C'est donc là le mystère !

ANTONY, *à* Victoria.

Mademoiselle, ce mariage vient de m'être proposé... à brûle-pourpoint... si j'ose me servir de cette expression consacrée... et la faveur d'obtenir une aussi jolie personne, l'agrément d'avoir un beau-père comme monsieur Prudhomme.

PRUDHOMME, *passant devant sa femme auprès d'Antony.*

L'honneur d'avoir un gendre comme monsieur de la Martelière .. un homme sérieux...

Mme PRUDHOMME.

Un gentilhomme !

PRUDHOMME.

Rejeton d'une illustre famille !

Mme PRUDHOMME.

Le neveu d'un duc suisse!

DUCREUX.

Hein ?

Mme PRUDHOMME.

C'est ainsi, monsieur Ducreux !

ANTONY, *à part.*

Diable ! je ne veux pourtant pas avoir l'air d'un intrigant.

FÉLICITÉ, *au dehors.*

Msieu Prudhomme! msieu Prudhomme!

JULIETTE, *à* Victoria.

C'est Félicité !

SCÈNE XIII.

LES MÊMES, FÉLICITÉ, JAQUIN.

FÉLICITÉ.

Venez donc, père Jaquin.

ANTONY, *à part.*

Aïe !

PRUDHOMME, *bondissant.*

Oser reparaître en ces lieux !

JAQUIN.

C'est vot' servante qui m'a rattrappé par ma redingote... (*Apercevant Antony.*) Que vois-je! mon neveu ici!

TOUS.

Son neveu !

Mme PRUDHOMME.

Monsieur de la Martelière? le neveu de ce paysan?

DUCREUX.

Quoi ! c'est là le duc suisse !

JAQUIN, *riant.*

Ah ! ah ! ah ! le farceur ! il vous a conté une bourde.

FÉLICITÉ, *à* Juliette *et à* Victoria.

Ai-je bien fait d'amener le père Jaquin ?

JAQUIN.

Apprenez que c'est le propre fils de ma propre sœur, et qu'il se nomme tout uniment Antoine Marteau.

TOUS.

Antoine Marteau !

DUCREUX, *riant.*

Ah ! ah ! ah ! sublime ! magnifique ! Antoine Marteau ! votre rapin, votre garde national réfractaire !

ANTONY.

Je dois l'avouer, je suis ce monstre. (*A Jaquin.*) Bonjour, mon oncle.

PRUDHOMME.

Vous chez moi ! sous un faux nom !

JAQUIN.

Doucement ! mon neveu est un honnête garçon, savez-vous?

ANTONY.

La Martelière n'est pas un faux nom, monsieur Prudhomme.

Mᵐᵉ PRUDHOMME.

Comment?

ANTONY.

C'est le nom d'une terre,... que je compte acheter... quand j'aurai de l'argent!

JAQUIN.

Et il en aura... après moi.

PRUDHOMME.

Antoine Marteau!

Mᵐᵉ PRUDHOMME.

Fi! l'horreur!

DUCREUX.

Vous avez déjà changé Victoire en Victoria, qui vous empêche de baptiser de la particule monsieur Marteau, quand il sera votre gendre?

PRUDHOMME.

Lui! jamais!

Mᵐᵉ PRUDHOMME.

Pouah!

JAQUIN.

Comment, pouah?

ÉDOUARD, à part.

Je suis sauvé!

ANTONY, à part.

Ma foi, ça m'est égal! Décidément j'aime mieux la petite Juliette.

PRUDHOMME.

J'irais donner ma fille à celui qui m'a choisi pour le but de ses mystifications!

ANTONY, à Prudhomme.

Oui, je suis ce coupable indigne de voir la lumière du jour.

PRUDHOMME.

Laissez-moi!

ANTONY.

Je vous livre ma tête, car le repentir est descendu dans mon âme.

Mᵐᵉ PRUDHOMME.

Qu'il y reste.

ANTONY.

Déjà pour expier mes torts je suis rentré au bercail,—deuxième bataillon, quatrième compagnie.—Je veux solliciter des voix pour vous faire réélire capitaine.

PRUDHOMME.

Laissez-moi!

ANTONY.

J'ai fait plus encore, j'attends ici quelques amis... des artistes...

Mᵐᵉ PRUDHOMME.

Des artistes! chez moi! vous vous êtes permis...

ANTONY.

De faire voter avec enthousiasme par mes camarades d'atelier, vos anciens sujets, un sabre de reconnaissance.

PRUDHOMME.

Pour moi! un sabre!

ANTONY.

Oui, monsieur, pour vous! Monument de notre admiration et de notre respect. Et tenez, voici la députation qui vient de Paris pour vous l'apporter. (*Paraissent quelques jeunes gens dont le costume un peu excentrique annonce des élèves en peinture.*) Entrez, messieurs, et permettez-moi d'être votre organe : Ex-capitaine Prudhomme, pour honorer vos services, les citoyens qui ont eu le bonheur de vous connaître dans votre carrière militaire, vous décernent ce sabre de reconnaissance et d'amour.

LES NOUVEAUX VENUS.

Vive monsieur Prudhomme!

JAQUIN, à part.

Ça lui servira pour couper ses choux.

PRUDHOMME.

Messieurs, ma reconnaissance pour chacun de vous...

Mᵐᵉ PRUDHOMME.

N'allez-vous pas remercier monsieur Antoine Marteau.

PRUDHOMME.

Madame Prudhomme! le citoyen remplace ici l'homme privé! Messieurs! ce sabre... est le plus beau jour de ma vie. Je rentre

dans la capitale, et si vous me rappelez à la tête de votre phalange, messieurs, je jure de soutenir, de défendre nos institutions et au besoin de les combattre.

TOUS.

Vive monsieur Prudhomme!.., (*Antony, mettant un genou en terre, présente le sabre à Prudhomme, qui s'incline avec attendrissement.*)

ACTE III.

Même salon qu'au premier acte. — La table est à droite avec un fauteuil placé de façon qu'en s'y asseyant on se trouve face au public. — Une chaise à côté de la table, vers la cheminée. — A gauche du théâtre, un fauteuil isolé. — Un vase avec un bouquet sur le piano.

SCÈNE I.

FÉLICITÉ, VICTORIA, ÉDOUARD, JULIETTE.

FÉLICITÉ, *entrant la première.*

Venez, nous serons bien ici, madame est à la cuisine...

JULIETTE.

Et monsieur Prudhomme?

FÉLICITÉ.

Sorti dès le point du jour, car depuis son retour à Paris, il a plus d'affaires que jamais.

JULLIETTE.

Alors nous pouvons tenir conseil entre nous.

FÉLICITÉ.

C'est moi qui préside.

JULIETTE.

Je suis d'avis que le projet de mariage soit immédiatement signifié aux grands parents.

ÉDOUARD.

Y pensez vous? quand je n'ai pas encore d'état!

JULIETTE.

Monsieur de la Martelière est évincé. Il faut prévenir un autre prétendu.

VICTORIA, à Édouard.

Oh! oui!

JULIETTE.

A propos, vous savez qu'il demande ma main, monsieur Antony Marteau.

VICTORIA.

En vérité?

JULIETTE.

Mais, pour le moment, c'est de toi qu'il s'agit. Je propose que monsieur Edouard fasse la demande en sa qualité d'avocat.

FÉLICITÉ.

Adopté.

ÉDOUARD.

Mais songez donc...

JULIETTE.

Vous n'avez pas la parole. Seconde motion : à qui monsieur Édouard devra-t-il s'adresser?

VICTORIA.

C'est de ma mère surtout que dépend...

FÉLICITÉ.

Parce qu'elle porte les culottes? c'est égal. Je demande à faire aussi mon *émotion*. C'est à monsieur Prudhomme que monsieur Édouard s'adressera. Que madame n'apprenne rien que lorsque tout sera décidé.

VICTORIA.

Peux-tu douter de l'amitié que ma mère a pour moi?

FÉLICITÉ.

Je n'en doute pas. Mais elle vous aime à sa manière. La gloriole lui trotte par la tête, et...

JULIETTE.

C'est juste. Elle croirait rendre sa fille la plus heureuse du monde si elle pouvait la faire duchesse.

VICTORIA.

J'entends mon père qui rentre, sauvons-nous.

JULIETTE, à Edouard.

Attaquez bravement la position, à la baïonnette.

FÉLICITÉ.

V'là monsieur, vite ! vite ! (*Elles entrent toutes les trois dans la chambre de Victoria.*)

SCÈNE II.

ÉDOUARD, PRUDHOMME, DUCREUX, *puis* Mme PRUDHOMME.

PRUDHOMME. *Il tient une énorme liasse de papiers sous le bras, et une lettre ouverte à la main.*

C'est-à-dire que c'est incompréhensible. Cette entreprise dont je suis actionnaire est en pleine prospérité, et l'on nous fait un nouvel appel de fonds.

DUCREUX.

Mais ne vous a-t-on pas justifié?...

PRUDHOMME.

On m'a montré des chiffres.

DUCREUX.

Alors de quoi vous plaignez-vous? (*Prudhomme dépose ses papiers sur la table et s'assied.*)

ÉDOUARD, *à part.*

Allons! du courage. (*Haut.*) Mon oncle, je voudrais vous parler.

PRUDHOMME.

Est-ce que j'ai le temps, tiens! (*Il lui montre ses papiers. Ducreux est allé s'appuyer contre la cheminée.*)

ÉDOUARD.

Donnez-moi un moment dans la journée.

PRUDHOMME, *examinant ses papiers.*

Quand tu voudras.

ÉDOUARD.

A onze heures?

PRUDHOMME.

Impossible! (*A Ducreux.*) C'est l'heure de la réunion d'actionnaires dont je vous parlais.

ÉDOUARD.

A midi?

PRUDHOMME.

Autre convocation pour les minerais aurifères signalés dans les buttes Montmartre...

DUCREUX, *riant.*

Vous êtes là-dedans?

ÉDOUARD.

A une heure?

PRUDHOMME.

Soit! Ah! j'oubliais. A une heure, comité pour la première expérience du nouveau ballon dirigeable.

DUCREUX.

Ah! vous êtes aussi dans les ballons?

PRUDHOMME.

Je suis dans tout. (*A Edouard.*) Mettons cela à deux heures.

ÉDOUARD.

C'est le seul moment dont je ne puisse disposer.

PRUDHOMME.

Tu n'es pas libre? tant mieux. (*A part.*) J'oubliais mon rendez-vous au bureau du journal.

ÉDOUARD.

Ce soir, après dîner?

PRUDHOMME.

Impossible! mes électeurs à voir.

DUCREUX.

Ainsi vous n'avez pas un seul moment?

PRUDHOMME.

C'est le mot. Je suis écrasé!

ÉDOUARD.

Ah! j'aurais pourtant bien voulu...

PRUDHOMME, *se levant.*

C'est donc une matière importante?

ÉDOUARD.

Oui, mon oncle... une confidence.

Mme PRUDHOMME, *qui vient de paraître au fond.*

Une confidence!

PRUDHOMME.

Eh bien! voilà madame Prudhomme. Gabrielle, emmène Édouard dans le salon, il te racontera ce qu'il avait à me dire.

ÉDOUARD, *à part.*

Tout est perdu.

Mme PRUDHOMME.

Vous hésitez. Il s'agit, à ce qu'il paraît, d'une chose que je ne devais pas connaître.

ÉDOUARD, *à part.*

Que mon sort se décide. (*A Mme Prudhomme.*) Venez, vous saurez tout.

PRUDHOMME.

Va! laisse-moi, car je suis écrasé! écrasé! écrasé!

SCÈNE III.

PRUDHOMME, DUCREUX, *puis* FÉLICITÉ.

DUCREUX.

Nous voilà seuls!

PRUDHOMME.

Eh bien? ma candidature à l'assemblée nationale? ça marche-t-il?

DUCREUX.

Ça marche. (*A part.*) Oui, compte là-dessus. (*Haut.*) Il faut seulement, comme je vous l'ai dit, faire paraître dans le journal dont vous êtes actionnaire un bon article...

PRUDHOMME.

Très-bien.

DUCREUX.

Et le jour de l'élection vous direz : il est de moi.

PRUDHOMME, *avec importance.*

Il est de moi.

DUCREUX.

Pour ce qui est de le faire, comme vous n'êtes pas un littérateur...

PRUDHOMME.

Je serais bien fâché de l'être.

DUCREUX.

Un secrétaire, un ami arrangerait vos idées... (*A part.*) A sa manière.

PRUDHOMME.

On doit aujourd'hui même, au journal, me présenter un jeune homme...

DUCREUX, *à part.*

Diable! ça ne fait pas mon compte.

PRUDHOMME.

Un pauvre hère, sans doute, qui sera bien aise de se procurer quelques sous de plus... car il ne doit pas gagner de l'eau à boire avec sa plume. Un métier de fainéant qui ne peut conduire à rien.

DUCREUX.

Mais si, mais si.

PRUDHOMME.

A rien, monsieur! Si ma fille... était un garçon et qu'elle se fît littérateur, je lui donnerais ma malédiction.

DUCREUX.

Je me fie à vous. Et l'on doit vous présenter ce faiseur de romans...

PRUDHOMME.

A deux heures.

DUCREUX.

Trop tard! Il faut que cela paraisse dans le numéro de ce soir... si nous essayions à nous deux.

PRUDHOMME.

Vous?

DUCREUX.

J'ai grossoyé des rapports sur la remonte de la cavalerie. Je suis ferré sur la grammaire.

PRUDHOMME.

Eh bien! essayons!... à nous deux!...

DUCREUX, *à part, et s'asseyant devant la table le dos à la cheminée.*

Il s'agit de faire passer dans son journal un article que les feuilles les plus avancées refusent de m'imprimer.

PRUDHOMME.

Y sommes-nous?

DUCREUX.

Oui.

PRUDHOMME.

Un intervalle pour me recueillir. (*Il se met en posture de méditation.*)

DUCREUX, *à part.*

Une seconde feuille pour mon article à moi. Je le sais par cœur, je n'ai qu'à le calligraphier.

PRUDHOMME.

C'est étonnant. J'avais hier des idées en masse. Je les disais à madame Prudhomme et quand il faut écrire... Je veux un commencement à effet.

DUCREUX.

Voilà déjà une idée.

PRUDHOMME.

Ah! écrivez! l'inspiration me vient.

DUCREUX.

Diable! il faut en profiter.

PRUDHOMME, *dictant.*

« L'horizon se rembrunit.

DUCREUX.

Bien!

PRUDHOMME.

Oui, je crois que le début est assez neuf. Est-ce écrit?

DUCREUX.

Oui!

PRUDHOMME, *dictant.*

« Le char de l'État... »

DUCREUX.

Très-bien!

PRUDHOMME.

« Navigue sur un volcan. »

DUCREUX.

Bravo! ça n'est pas commun ça : un char qui navigue.

PRUDHOMME.

Sur un volcan. (*Il se promène en répétant ce qu'il vient de dicter, comme pour trouver la suite.*) Le char de l'État... le char... le char... (*A Ducreux.*) Je ne vais pas trop vite?

DUCREUX.

Du tout! (*A part.*) J'ai le temps d'écrire mon article incendiaire.

FÉLICITÉ, *entr'ouvrant la porte.*

Mam'zelle m'envoie... (*Ne voyant pas Edouard.*) Tiens! où est-il donc?

PRUDHOMME.

Que venez-vous faire ici?

FÉLICITÉ.

Je croyais que M. Edouard...

PRUDHOMME.

M. Edouard est avec sa tante.

FÉLICITÉ, *vivement.*

C'est à madame qu'il parle?

PRUDHOMME.

Pour Dieu! laissez-nous en repos, quand je suis dans le feu de la composition.

FÉLICITÉ, *à elle-même.*

Comment se fait-il...

PRUDHOMME.

Vous êtes encore là? (*La prenant par le bras et la mettant dehors.*) Mais allez donc à votre cuisine. (*Il ferme la porte et vient se jeter dans le fauteuil placé devant la table.*) Elle m'a fait perdre le fil... Je ne sais plus où j'en suis... Relisons un peu.

DUCREUX.

« L'horizon se rembrunit. »

PRUDHOMME.

Attendez... N'a-t-on pas déjà mis cela dans les journaux.

DUCREUX.

Mais oui, quelquefois.

PRUDHOMME.

Effacez-le. Après, qu'y a-t-il?

DUCREUX.

« Le char de l'État... »

PRUDHOMME.

« Navigue sur un volcan. » (*Il se lève.*) Ecrivez! (*Dictant.*) « Sans attaquer les hommes qu'on a choisis jusqu'à présent pour représenter la France...

DUCREUX, *répétant en écrivant.*

Pour représenter la France.

PRUDHOMME.

Ah! Effacez... effacez le char de l'État.

DUCREUX.

J'efface. — Mais, le volcan?

PRUDHOMME.

Effacez! (*Dictant.*) « Les hommes de bonne foi...

DUCREUX.

Ça fait deux fois les hommes.

PRUDHOMME.

Effacez-les plus haut...

DUCREUX.

J'efface.

PRUDHOMME.

« Comprendront qu'il peut être utile de choisir un homme...

DUCREUX.

Encore un homme!

PRUDHOMME.

Nous ôtons les autres.

DUCREUX.

D'autant plus que c'est là ce que vous voulez : ôter les autres, pour vous mettre à leur place.

PRUDHOMME.

Dans l'intérêt de mon pays, monsieur.

DUCREUX.

Toujours.

PRUDHOMME, *dictant.*

« Un homme qui le premier a souscrit pour la recherche des sables aurifères de la butte Montmartre. »

DUCREUX.

Très-bien.

PRUDHOMME.

Non. Ce serait trop me désigner. Effacez.

DUCREUX.

J'efface.

PRUDHOMME.

Comment finirai-je?

DUCREUX, *à part.*

Comme tu voudras; moi je conclus. (*Il plie et met en poche son article qu'il a écrit dans les intervalles de la dictée.*)

PRUDHOMME.

Ah! m'y voilà. (*Dictant.*) « Electeurs! Suivez nos conseils ou la France périt. » (*Se récriant.*) Non! Une plume française ne peut écrire ce mot. — Effacez.

DUCREUX.

J'efface.

PRUDHOMME.

Maintenant, relisez.

DUCREUX.

Il n'y a plus rien.

PRUDHOMME.

Comment?

DUCREUX.

Vous m'avez fait tout effacer. (*Il montre le papier où il n'y a plus que des ratures.*)

PRUDHOMME.

C'est là mon article?

DUCREUX, *se levant.*

Il est un peu court. Mais je l'arrangerai.

PRUDHOMME.

Ce seront toujours mes idées, au moins?

DUCREUX.

Soyez tranquille. (*Il froisse le papier et le met dans sa poche.*) Vous direz au gérant de votre feuille que vous m'avez chargé de ui remettre votre article. J'entends madame Prudhomme, je me sauve.

PRUDHOMME.

Moi, dans mon cabinet. Je n'ai pas de temps à perdre. (*Il sort, emportant tous ses papiers qu'il tient à deux bras serrés contre sa poitrine.*)

SCÈNE IV.

EDOUARD, Mme PRUDHOMME.

Mme PRUDHOMME.

Laissez-moi, monsieur!

EDOUARD.

Ma tante, je vous en conjure...

Mme PRUDHOMME.

Laissez-moi, vous dis-je. Après l'audace d'un pareil aveu, vous ne pouvez rester un instant de plus sous notre toit.

EDOUARD.

Vous me chassez!

Mme PRUDHOMME.

Voulez-vous savoir comment je trouve votre conduite, monsieur? Je la trouve méprisable.

ÉDOUARD.

Ah! ce mot outrageant, vous le rétracterez. Je n'ai que mon honneur, madame; mon père en mourant ne m'a pas légué d'autre héritage. Je le garderai fidèlement et ne permettrai jamais à personne d'y porter la moindre atteinte.

Mme PRUDHOMME.

A merveille! Monsieur fait encore le fier et l'indigné, après avoir tenté de séduire ma fille, sa cousine, sous les yeux de ses parents, dans leur propre maison.

ÉDOUARD.

Arrêtez, madame. J'aime Victoria d'un amour pur et honnête, et la démarche que je tente aujourd'hui près de vous...

Mme PRUDHOMME.

En l'épousant, vous ne feriez pas une mauvaise affaire.

ÉDOUARD.

Gardez votre argent, et donnez-moi la main de ma cousine.

Mme PRUDHOMME.

Voilà qui est charmant. Je serais riche, et je laisserais ma fille dans la pauvreté!

ÉDOUARD.

Mon travail, je l'espère, la fera riche un jour.

Mme PRUDHOMME.

Non, monsieur, non; cette loterie ne peut convenir à une bonne mère. J'ai des projets arrêtés pour le bonheur de Victoria. En cherchant à les renverser, vous ne me prouvez qu'une chose: c'est que vous ne l'aimez pas réellement et que vous n'êtes qu'un ingrat.

ÉDOUARD.

Un ingrat! Après de tels affronts, il n'est plus permis de chercher à vous émouvoir. Je pars, madame, je pars la mort dans le cœur et le rouge de la honte sur le visage. Tôt ou tard, vous me connaîtrez mieux, et peut-être vous repentirez-vous de m'avoir traité aussi durement.

Mme PRUDHOMME.

Édouard!

ÉDOUARD, revenant.

Ma tante?

Mme PRUDHOMME, à elle-même.

Voilà qu'en vérité je me laisse attendrir par ses belles phrases. (A Édouard.) Vous ferez un jour un excellent avocat.

ÉDOUARD.

Me croyez-vous donc capable d'une infamie?

Mme PRUDHOMME.

Non; vous désirez faire un riche mariage, voilà tout.

ÉDOUARD.

Moi!

Mme PRUDHOMME.

Nous vous chercherons cela. Mais quittez cette maison, quittez-la pour toujours, sans scandale, sans esclandre, sans que ma fille et son père puissent même soupçonner le motif de votre départ. Si vous êtes un honnête garçon, vous ferez cela pour nous qui avons fait pour vous tant de sacrifices.

ÉDOUARD.

Quoi qu'il m'en coûte, madame, j'obéirai.

Mme PRUDHOMME.

Très-bien, Édouard, très-bien. Voici votre cousine et mon mari. Laissez-moi dire et ne me démentez pas.

SCÈNE V.

LES MÊMES, VICTORIA, sortant de sa chambre avec FÉLICITÉ, PRUDHOMME, venant de son cabinet le chapeau à la main.

FÉLICITÉ, bas à Victoria.

Il a parlé.

VICTORIA.

Qu'il a l'air triste!

Mme PRUDHOMME, arrêtant son mari.

Monsieur Prudhomme..

PRUDHOMME.

Il faut que je sorte...

Mme PRUDHOMME, lui prenant son chapeau qu'elle donne à Félicité.

J'ai quelques mots à vous dire. En causant là tout à l'heure avec Édouard... ce bon Édouard que, pour ma part, je désire tant voir réussir à quelque chose...

VICTORIA, bas à Félicité.

Elle fait son éloge; c'est bon signe.

FÉLICITÉ, hochant la tête.

Hum!

Mme PRUDHOMME.

Une idée nous est venue. Nous disions que votre neveu est avocat, il lui faut pour recevoir ses clients un appartement convenable.

PRUDHOMME.

Ah! c'est la grande affaire dont il voulait m'entretenir.

ÉDOUARD, hésitant.

Oui, oui, mon oncle.

PRUDHOMME.

Eh bien, mon ami, nous verrons cela d'ici à quelques mois.

Mme PRUDHOMME.

Du tout. C'est tout de suite qu'il faut lui trouver un appartement, et j'en connais un près de la Bastille.

PRUDHOMME.

A une lieue de nous?

Mme PRUDHOMME.

Avec les omnibus, il n'y a plus de distances; n'est-ce pas, Édouard? Allez donc tout de suite boulevard des Filles du Calvaire, n° 27, arrêter l'entresol qui est libre. Moi, je vais m'occuper de votre déménagement.

VICTORIA, bas à Félicité, avec agitation.

On le renvoie... on le chasse.

PRUDHOMME.

Édouard, remerciez votre tante pour tant de peine qu'elle se donne en votre faveur...

Mme PRUDHOMME, se tournant du côté de sa fille.

Victoria... (En ce moment, Victoria chancelante se laisse tomber sur un fauteuil.) Ah! mon Dieu! elle se trouve mal.

PRUDHOMME, courant à elle.

Ma fille!

ÉDOUARD.

Ma cousine! (Tous s'empressent autour de Victoria évanouie.)

FÉLICITÉ.

Votre flacon, madame!

Mme PRUDHOMME.

Le voilà.

PRUDHOMME, montrant le bouquet placé sur le piano.

Ces maudites fleurs, peut-être... emportez-les (Félicité obéit.)

Mme PRUDHOMME.

Et de l'air! de l'air! (Elle court ouvrir la fenêtre.)

ÉDOUARD.

Elle revient à elle.

Mme PRUDHOMME.

Ce ne sera rien.

ÉDOUARD, se dirigeant vers la porte du fond.

Mais il faut courir chez le médecin.

Mme PRUDHOMME, à Édouard.

Profitez de ce moment. Partez! partez! vous me l'avez promis.

ÉDOUARD, jetant un regard d'amour sur Victoria.

Adieu! (Il sort.)

PRUDHOMME.

Victoria! mon enfant chéri! nous sommes là.

VICTORIA, cherchant des yeux Édouard.

Et lui! (A Félicité qui est revenue auprès d'elle.) Parti!

FÉLICITÉ, bas.

Il reviendra.

Mme PRUDHOMME.

Qu'est-ce qui lui a donc pris? (A Victoria.) Un éblouissement, n'est-ce pas? des papillons... j'ai ça très-souvent, surtout quand j'ai beaucoup parlé.

FÉLICITÉ.

Venez dans votre chambre, mam'selle. (Bas.) Nous aviserons.

Mme PRUDHOMME.

C'est cela, prends un peu de repos, va, ma minette, va! (Victoria sort soutenue par Félicité.)

PRUDHOMME, tirant sa montre.

J'ai manqué l'expérience des ballons dirigeables.

SCÈNE VI.

PRUDHOMME, Mme PRUDHOMME.

Mme PRUDHOMME.

Ça vous quitte comme ça vient, en un clin d'œil.

PRUDHOMME.

Elle n'a pas de chagrins, au moins.

Mme PRUDHOMME.

Que pourrait-il lui manquer? Ne prévenons-nous pas ses moindres caprices!

PRUDHOMME.

Elle a autant d'or qu'en peut tenir son petit coffret.

Mme PRUDHOMME.

Il est vrai que la chère enfant l'emploie en aumônes plutôt qu'en parures et en toilette! mais elle est très-heureuse.

PRUDHOMME.

Je voudrais bien voir qu'elle ne le fût pas! Enfin, me voilà rassuré, et je vais pouvoir m'occuper de mes affaires. J'attends ici monsieur Antoine Marteau.

Mme PRUDHOMME.

Vous lui avez pardonné!

PRUDHOMME.

Que veux-tu? Il est venu se jeter à mes pieds en me disant qu'il m'offrait sa tête. Il me l'apportait. La clémence est une noble vertu, et je lui ai pardonné parce que... parce que j'ai besoin de lui.

Mme PRUDHOMME.

Pour quoi faire?

PRUDHOMME.

Il me rallie des voix pour ma candidature.

Mme PRUDHOMME.

A quoi cela vous servira-t-il?

PRUDHOMME.

A devenir quelque chose. L'Assemblée est une pépinière, et c'est sur les bancs de cette... pépinière, que l'on prend les hommes d'État, les ministres.

Mme PRUDHOMME.

Allons donc!

PRUDHOMME.

Je serai quelque chose, madame Prudhomme, je serai quelque chose, je vous en donne ma foi.

FÉLICITÉ, annonçant.

Monsieur Antoine Marteau!

Mme PRUDHOMME.

Attendez; je ne veux pas me trouver avec cet homme. (Elle entre vivement dans la chambre de Victoria.)

SCÈNE VII.

PRUDHOMME, ANTONY, FÉLICITÉ.

ANTONY.

Victoire! monsieur Prudhomme, victoire! je ne parle pas de votre charmante fille, mais d'une bonne nouvelle que je vous apporte.

FÉLICITÉ, à part.

Qu'est-ce qu'il aura encore inventé aujourd'hui?

ANTONY.

Vous êtes nommé!

PRUDHOMME, avidement.

Quoi?

ANTONY.

Président de la société philanthropique dont je vous ai parlé.

FÉLICITÉ.

Encore une fonction!... vous n'en aviez pas assez comme ça?

PRUDHOMME.

Silence!

ANTONY.

Pour assurer le fonds de la société, nous faisons une loterie. Trois cents lots composés d'objets d'art... principalement de tableaux achetés aux jeunes peintres qui donnent le plus d'espérances.

FÉLICITÉ, comprenant.

Ah! très-bien.

PRUDHOMME, affirmatif.

Très-bien! mais quel est au juste le but de la société?

ANTONY

Le but de la société?

FÉLICITÉ.

Pardi! je puis vous le dire aussi bien que M. Marteau : Le but de la société c'est d'acheter ses tableaux.

ANTONY, bas.

Tais-toi donc!

FÉLICITÉ, riant.

Ah! ah! ah!

PRUDHOMME.

C'est une chose intolérable d'avoir une servante qui vient ainsi vous rire aux oreilles, comme si elle était à la comédie. Nous passerons dans mon cabinet, monsieur, si vous le trouvez bon.

ANTONY.

D'autant meilleur, monsieur, que j'ai à vous parler sérieusement de mariage.

FÉLICITÉ.

Votre mariage avec mademoiselle Juliette?

ANTONY.

Non. (A Prudhomme.) Il s'agit de mademoiselle votre fille.

FÉLICITÉ, à part.

Il propose un prétendant.

ANTONY.

Un de mes amis... un parti superbe.

FÉLICITÉ.

Encore un duc suisse?

PRUDHOMME, perdant patience.

Allons dans un cabinet, monsieur, car cette péronnelle... Ça n'a pas de nom! ça n'a pas de nom. Passez devant, je vous prie.

SCÈNE VIII.

FÉLICITÉ, VICTORIA, JULIETTE.

FÉLICITÉ, courant vers la chambre de Victoria, et appelant.

Mamzelle Juliette, venez à notre secours, ou nous sommes perdues.

JULIETTE.

Qu'y a-t-il encore?

VICTORIA.

N'est-ce pas assez d'avoir chassé mon cousin et de vouloir que j'épouse le fils du baron de Champabois?

FÉLICITÉ.

Qui veut cela?

VICTORIA.

C'est ma mère!

FÉLICITÉ.

Eh bien! il seront deux prétendus alors, car monsieur Marteau est là dans le cabinet de votre père en train de recommander un de ses amis, un parti superbe, à ce qu'il dit...

VICTORIA.

Mon Dieu! que je suis malheureuse!

JULIETTE.

Voyons, voyons! D'abord, on ne te les fera pas épouser tous les deux. Ta mère sait tout. Eh bien! tant mieux! j'aime les positions claires : batteries démasquées, comme dit papa.

VICTORIA.

Mais Édouard ne reviendra pas.

JULIETTE.

Un amoureux? Il n'est pas encore parti.

FÉLICITÉ.

Je vous promets qu'il fera durer longtemps le déménagement.

JULIETTE.

Et que vous vous marierez. C'est une bataille, et nous la gagnerons.

VICTORIA.

Tu crois? Mais que faire?

FÉLICITÉ.

Voilà la difficulté!

JULIETTE.

Déclarer d'abord et formellement que tu ne veux pas du mari ou des maris qu'on te propose.

VICTORIA.

Mais comment dire?...

JULIETTE.

Comme je dirai à mon père qui s'est mis en tête de prendre M. Marteau pour son gendre.

FÉLICITÉ.

Vous ne l'épousez pas ?

JULIETTE.

Ce n'est pas qu'il me déplaise...

FÉLICITÉ.

Si ce n'était sa sournoiserie de tout à l'heure, il est gentil, tout de même ; en v'là un qui n'engendre pas de mélancolie. Si vous l'épousiez, je suis sûre qu'il vous ferait rire toute la journée.

JULIETTE.

C'est possible ; mais comme c'est mon père qui veut, je dis : « Non. » Il ne faut pas laisser prendre un mauvais pli.

FÉLICITÉ, voyant entrer Ducreux.

Le v'là, votre père.

SCENE IX.

Les Mêmes, DUCREUX, une clef d'appartement à la main.

DUCREUX.

Je trouve la clef sur votre porte.

FÉLICITÉ.

Dieu, ne le dites pas à madame.

JULIETTE, bas à Victoria.

Attends, je vais te montrer. Regarde et profite.

DUCREUX, à part.

L'article paraîtra dans le journal... (Haut.) Prudhomme est là?...

JULIETTE, l'arrêtant.

Avant d'aller vous disputer avec lui, causons un peu nous deux...

FÉLICITÉ, à Victoria

Je vas m'amuser...

JULIETTE, à son père, lentement.

Où en êtes-vous avec monsieur Antony Marteau ?

DUCREUX.

Mais... tu veux le savoir ?

JULIETTE.

Oui.

DUCREUX.

Hier, il m'a pressé encore pour ce mariage.

JULIETTE.

Et vous avez répondu qu'il vous ravit, qu'il vous enchante.. Vous croyez que c'est fait, n'est-ce pas ? Eh bien ! moi...

DUCREUX.

Parbleu !... si tu vas m'apprendre que tu refuses, ça se trouve bien !

JULIETTE, étonnée.

Ah!

DUCREUX.

J'ai été un peu vite à dire que je le prenais pour mon gendre, et toutes réflexions faites...

JULIETTE.

Vous n'en voulez plus?

DUCREUX.

Ma foi...

FÉLICITÉ, à Victoria.

C'est jouer de malheur. Les v'là d'accord.

JULIETTE.

Vous - n'en - vou - lez - plus?

DUCREUX.

Non.

JULIETTE, à Antony qui sort du cabinet de Prudhomme.

Monsieur Antony, je vous accorde définitivement ma main.

ANTONY, avec joie.

Ah ! mademoiselle.

DUCREUX.

Eh bien ! et mon consentement?

JULIETTE.

Vous le donnez.

DUCREUX, à lui-même.

Dire qu'on a été lieutenant de dragons... et qu'on se laisse mener...

JULIETTE, câline.

Par son petit colonel. Vous seriez bien fâché que je ne vous

fisse pas enrager comme cela... Avouez-le et embrassez-moi... Allons ! allons !

DUCREUX, se laissant amadouer.

Il le faut bien.

JULIETTE, tournant la tête du côté de Victoria.

Tu vois, voilà comme ça se fait.

VICTORIA.

Ah ! tu es bien heureuse !

ANTONY, passant auprès d'elle

Et vous le serez aussi. Je viens de travailler pour vous.

VICTORIA.

Pour moi?

ANTONY.

J'avais rencontré monsieur Édouard dans la désolation, j'ai tout conté à monsieur Prudhomme ; il ne veut pas qu'on chasse son neveu. Il s'est élancé hors de son cabinet par la petite porte...

PRUDHOMME, en dehors.

Viens, viens.

ANTONY.

Et tenez, je l'entends.

SCENE X.

Les Mêmes, PRUDHOMME, ÉDOUARD.

PRUDHOMME.

Viens, te dis-je.

VICTORIA.

Il le ramène !

PRUDHOMME, à Édouard.

Rassure-toi ! tu n'iras pas à la Bastille...

VICTORIA.

Ah ! mon père !

JULIETTE.

Papa Prudhomme, je vous rends mon estime.

ÉDOUARD.

Je resterai chez vous ?

PRUDHOMME, avec autorité.

Oui, mon ami, oui. (Changeant de ton par réflexion.) C'est-à-dire non... mais ce sera tout comme. Tu loueras un appartement en face. Tu comprends que je ne puis absolument rompre en visière à madame Prudhomme.

DUCREUX.

Diable ! je le crois bien.

ANTONY.

Quant au projet de mariage, monsieur n'a pas dit non.

PRUDHOMME.

Pour plus tard, quand Édouard aura une position sérieuse, une place dans le gouvernement, par exemple, et que madame Prudhomme aura donné son consentement.

FÉLICITÉ.

C'est nous remettre aux quarante grecs.

DUCREUX.

Il est avocat. Pour arriver, il n'a qu'à vouloir. Parlez, parlez deux heures, trois heures, une journée, c'est le moyen de ne pas laisser aux autres le temps de vous répondre

ÉDOUARD.

La parole, comme la plume, ne doit servir que des convictions loyales, et si j'arrive par la plume ou par la parole, à me faire une position, ce ne sera qu'en obéissant à ma conscience.

VICTORIA.

C'est bien, cela !

PRUDHOMME.

Ayez une première cause, les autres viendront. Mais soyez sérieux, mon neveu, soyez sérieux.

ÉDOUARD.

Le bonheur qui m'est promis me donnera du talent. Quelle que soit la carrière où je chercherai à conquérir un nom, bientôt, je l'espère, je viendrai vous demander la réalisation de votre promesse. (A Victoria.) Au revoir, maintenant, au revoir !

PRUDHOMME.

Il faut que je sorte aussi. De quel côté vas-tu?

ÉDOUARD.

Rue Montmartre.

PRUDHOMME.

Comme moi. Nous irons ensemble.

ÉDOUARD, à part.

Je le quitterai avant d'arriver au bureau du journal pour qu'il ne m'y voie pas entrer.

PRUDHOMME.

C'est l'heure de mon rendez-vous au journal... (*A Édouard.* Allons.

FÉLICITÉ, *qui était sortie, rentrant.*

Deux lettres... monsieur Édouard Després, monsieur Prudhomme.

ÉDOUARD, *à part.*

C'est du journal !

PRUDHOMME, *de même.*

C'est du journal.

ÉDOUARD, *lisant à part.*

« Voici l'affaire dont je vous ai parlé. Il s'agit d'écrire des ar-
» ticles pour un bon bourgeois que nous devons ménager et qui
» s'avise de vouloir nous imposer ses élucubrations politiques. »
(*Il continue tout bas.*)

PRUDHOMME, *qui pendant ce temps a nettoyé ses lunettes, lisant.*

« Pour revoir, d'après votre demande, les excellents et pro-
» fonds articles politiques dont vous voulez bien nous gratifier,
» (*avec satisfaction.*) Il s'exprime fort bien. (*Reprenant sa lec-*
» *ture.*) J'ai fait choix d'un jeune littérateur qui a déjà sous un
» pseudonyme publié plusieurs romans dans le journal. Par le
» plus grand des hasards, il demeure dans votre maison. C'est
» monsieur... (*S'exclamant.*) Édouard Després ! »

TOUS, *se rapprochant.*

Qu'y a-t-il ?

PRUDHOMME, *à Édouard.*

Dis-moi que ce n'est pas vrai... que c'est une calomnie.

ÉDOUARD, *vivement.*

Une calomnie contre moi !

PRUDHOMME.

Mais tu ne peux pas le nier... C'est bien toi, malheureux !

SCENE XI.

LES MÊMES, Mme PRUDHOMME.

Mme PRUDHOMME.

Le feu est-il à la maison ? Que vois-je, Édouard !

DUCREUX, *à Prudhomme.*

Voyons, expliquez-vous.

PRUDHOMME.

Et c'est mon propre neveu !

VICTORIA.

De quoi l'accuse-t-on ?

ÉDOUARD.

Je veux le savoir. Parlez ! que je me défende.

VICTORIA.

Il n'est pas coupable, j'en suis sûre.

PRUDHOMME.

Voici la preuve.

Mme PRUDHOMME.

Qu'a-t-il fait ?

TOUS.

Parlez.

PRUDHOMME.

Il fait... de la littérature !

Mme PRUDHOMME, *jetant un cri.*

Ah !

JULIETTE

C'est donc un crime ?

PRUDHOMME, *exaspéré.*

De la littérature !

ÉDOUARD.

Mon oncle !

PRUDHOMME.

Tout est rompu !

VICTORIA.

Grand Dieu !

PRUDHOMME, *à Victoria.*

Jamais tu ne seras la femme d'un écrivassier.

Mme PRUDHOMME.

Non, jamais ! jamais ! jamais !

ACTE IV.

Même salon. — Au premier plan à gauche, le guéridon avec deux chaises.
À droite, un fauteuil à côté de la table.

SCENE I.

VICTORIA, *assise à droite,* ÉDOUARD *debout, causant avec*
elle ; FÉLICITÉ *aux aguets près de la chambre de madame*
Prudhomme. Au lever du rideau, elle donne l'alerte. Victoria
se lève vivement, Édouard se dispose à prendre la fuite.

FÉLICITÉ.

Chut ! — Non, ce n'est rien, je croyais entendre...

ÉDOUARD, *revenant auprès de Victoria.*

Oui, ma chère cousine, j'avais un livre dont le manuscrit,
presque achevé, était déjà vendu, une pièce reçue au théâtre,
e renonce à tout pour vous obtenir.

FÉLICITÉ, *se rapprochant.*

Quel dommage, pourtant ! nous aurions eu des billets de
spectacle.

ÉDOUARD

Je venais faire part à mon oncle de ma résolution et de mes
espérances, mais puisqu'il est sorti...

FÉLICITÉ.

Est-ce qu'on le trouve jamais à la maison ? ce matin il est
jury... vous savez ben, du *juré*...

ÉDOUARD.

Je serai quelque chose, comme l'entend votre père, j'aurai
une place.

FÉLICITÉ.

Qui vous la donnera ?...

VICTORIA, *avec joie.*

Le gouvernement.

FÉLICITÉ.

On dit que dans c'te maison-là, ils sont neuf cents maîtres...
Eh ben, quand on dépend de tant de monde, le service doit être
joliment difficile !

ÉDOUARD.

C'est aujourd'hui qu'on me fait espérer ma nomination. Je
dois voir tout à l'heure le secrétaire du ministre.

FÉLICITÉ, *écoutant.*

Madame Prudhomme ! vite, sauvez-vous !

ÉDOUARD.

Adieu ! adieu ! (*Il se sauve. Victoria s'assied vivement et sai-*
sit sa broderie. Félicité se met à chantonner.)

SCENE II.

FÉLICITÉ, Mme PRUDHOMME, VICTORIA.

Mme PRUDHOMME.

Qui était donc là ?

FÉLICITÉ, *avec aplomb.*

Personne, madame... c'est moi qui apporte les lettres de
monsieur (*elle en tire un paquet de sa poche*) pour que madame les lise en cachette... comme elle en a l'habitude.

Mme PRUDHOMME.

Parce que M. Prudhomme me cache une foule de choses :
des souscriptions, des actions, des abonnements à des journaux
qu'il n'a pas seulement le temps de lire. Et il me donne pour
raison que c'est un sacrifice qu'il doit à ses opinions.

FÉLICITÉ.

Comme il faut qu'un bourgeois soit riche, pour avoir des
opinions ! (*Présentant le paquet de lettres.*) Madame veut-elle...

Mme PRUDHOMME.

Je n'ai pas le temps aujourd'hui...Quand on donne un dîner...
Je ne sais pas où j'ai la tête depuis ce matin, et tout cet embar-
ras pour des gens que je ne puis souffrir, M. et Mlle Ducreux...
M. Antoine Marteau...

VICTORIA, *assise, brodant.*

Papa ne pouvait faire autrement ; ils sont venus nous annoncer le mariage prochain de Juliette.

Mme PRUDHOMME.

M. Prudhomme doit avoir une autre raison ; il veut célébrer
quelque grand événement, j'en suis sûre... depuis hier, il ne
tient plus en place.

FÉLICITÉ.

C'est vrai...

Mᵐᵉ PRUDHOMME, à *Victoria.*

Il ne t'a rien dit?

VICTORIA.

Non, maman.

Mᵐᵉ PRUDHOMME, à *elle-même.*

Ce doit être quelque chose d'extraordinaire qu'il attend.

FÉLICITÉ.

Madame, pour le rôti, qu'est-ce qu'il faut que je fasse?

Mᵐᵉ PRUDHOMME, *absorbée dans sa pensée.*

S'il allait arriver à quelque haute position politique? (*A Félicité.*) Un morceau de filet de cinq livres, cinq livres et demie.

FÉLICITÉ.

Et le relevé de potage?

Mᵐᵉ PRUDHOMME, *toujours absorbée.*

J'aurais de l'influence... on viendrait me demander des places... (*A Félicité.*) Si vous trouvez un petit turbot pas rop cher...

FÉLICITÉ.

Ah! dam'! il faut y mettre le prix...

Mᵐᵉ PRUDHOMME.

Alors, n'en achetez pas. (*A elle-même.*) Je grille de savoir ce que M. Prudhomme va nous apprendre. Avec son journal, avec un ami comme M. de Champabus, il peut obtenir les plus hautes dignités. (*Coup de sonnette au dehors.*)

FÉLICITÉ.

Bon, voilà qu'on sonne. (*Elle sort pour ouvrir la porte du palier.*)

Mᵐᵉ PRUDHOMME.

Dites que je n'y suis pas. — Il y a des gens qui ont la rage de faire des visites quand on ne veut pas recevoir.

SCENE III.

LES MÊMES, JULIETTE, DUCREUX.

VICTORIA, *se levant.*

C'est Juliette!

DUCREUX, *saluant Mᵐᵉ Prudhomme.*

Petite mère.

M. PRUDHOMME.

Est-ce que par hasard vous viendriez déjà pour dîner?...

DUCREUX.

Non pas, je voulais savoir si Prudhomme est revenu de la Cour d'assises.

VICTORIA.

Pas encore.

JULIETTE, à *Victoria.*

Je viens broder auprès de toi...

VICTORIA.

Tu es gentille. (*Elles vont s'asseoir auprès du guéridon et travaillent.*)

Mᵐᵉ PRUDHOMME.

Dieu sait s'il ne va pas rester jusqu'à demain à ce jury!

DUCREUX.

Non, c'est peu de chose; pas de témoins à entendre, un procès de presse...

Mᵐᵉ PRUDHOMME.

Ah! c'est vrai! un article qui a paru dans le journal dont M. Prudhomme est actionnaire.

DUCREUX.

Oui! oui!

Mᵐᵉ PRUDHOMME.

Je ne sais pas comment il permet qu'on imprime de pareilles horreurs avec son argent!

JULIETTE.

Mon père l'a trouvé très-bien cet article.

Mᵐᵉ PRUDHOMME.

Ce n'est pas ce qui m'étonne, mais j'espère que celui qui l'a fait ira coucher en prison.

FÉLICITÉ.

Madame, et mon dîner?

SCENE IV.

LES MÊMES, ANTONY.

ANTONY

Je vous annonce M. Prudhomme.

Mᵐᵉ PRUDHOMME.

Enfin!

ANTONY.

Il souffle un moment dans l'escalier.

DUCREUX.

Vous venez de la Cour d'assises?

Mᵐᵉ PRUDHOMME.

Eh bien?

ANTONY.

Ah! madame... votre mari a été plus grand que l'obélisque. Je vous réponds qu'il a fait sensation... Tenez, le voici.

FÉLICITÉ.

Ma foi, je vais faire le dîner à ma fantaisie. (*Elle sort.*)

SCENE V.

Mᵐᵉ PRUDHOMME, JULIETTE, DUCREUX, PRUDHOMME, VICTORIA.

PRUDHOMME, *entrant.*

Je ne me laisserai pas intimider par de vaines clameurs. (*Juliette et Victoria se lèvent.*)

Mᵐᵉ PRUDHOMME.

Qu'est-ce donc?

PRUDHOMME.

Deux polissons de la rue qui m'ont suivi du Palais de Justice jusqu'en ces lieux en me narguant.

DUCREUX.

Et pourquoi donc?

PRUDHOMME.

Ah! vous voilà, monsieur Ducreux! je vous adresse mes compliments sur votre article.

TOUS.

Son article!

JULIETTE.

Je ne m'étonne plus que mon père l'ait trouvé si bien écrit.

PRUDHOMME.

Oui, votre funeste, je dirai plus, votre inqualifiable article.

DUCREUX.

Permettez, c'est le vôtre.

PRUDHOMME.

Non, monsieur!

DUCREUX.

Le vôtre... le mien, le nôtre... en tout cas, je le prends sur moi.

PRUDHOMME.

Si je ne me suis pas récusé comme juré, c'est que j'ai voulu moi-même infliger un châtiment à cet article dont j'avais facilité l'insertion par mon imprudence.

DUCREUX.

Cependant, quand on a des opinions...

PRUDHOMME.

Je n'en ai pas, monsieur... c'est-à-dire si, j'en ai; mais d'honnêtes, de loyales... et déjà la feuille m'était tombée des mains lorsque j'en souillai ma vue. Non, Monsieur, non, je ne suis pas un Malthus.

Mᵐᵉ PRUDHOMME.

Un Malthus! Qu'est-ce que c'est que ça?

PRUDHOMME.

Je n'en sais rien, mais je renvoie à monsieur Ducreux les reproches déversés sur son article, que j'ai déclaré coupable.

ANTONY.

Aussi le journal a-t-il été condamné à cinq mille francs d'amende.

PRUDHOMME.

Et c'est sur moi que ça retombe.

Mᵐᵉ PRUDHOMME.

Sur vous?... Dieu du ciel!

ANTONY.

C'est beau, c'est grand! Monsieur condamne comme juré, et il paye comme actionnaire.

Mᵐᵉ PRUDHOMME.

C'est un peu fort!

DUCREUX.

Rassurez-vous, c'est moi qui payerai.

Mᵐᵉ PRUDHOMME.

Vous!... Ah! je l'espère bien.

PRUDHOMME.

Mais ce que vous ne réparerez pas, monsieur, c'est le dommage fait par ce verdict à ma popularité naissante.

ANTONY.

Le fait est que quand vous êtes sorti du Palais, il y en a qui vous appelaient : vendu au pouvoir.

PRUDHOMME.

Vendu au pouvoir ! et ça me coûte cinq mille francs !

DUCREUX.

Je vous dis que je payerai.

ANTONY, à Prudhomme.

Vous ressuscitez Brutus, ce vertueux Romain.

DUCREUX.

Qui tua son père adoptif ?

ANTONY.

Non, l'autre.

DUCREUX,

Ah ! oui, celui qui tua ses deux fils.

ANTONY.

Bref, vous l'imitez dans son héroïsme, et je ne serais pas étonné qu'on vînt un peu ce soir casser vos carreaux.

Mme PRUDHOMME.

Miséricorde !

PRUDHOMME.

Je les attends ! (Avec dignité.) Leurs projectiles ne sauraient m'atteindre ; et d'ici là, je pense, j'aurai de quoi me consoler. Gabrielle, fais en sorte que le dîner soit bon.

Mme PRUDHOMME.

Vous avez fait une si belle affaire !

DUCREUX.

Eh ! sans doute ! voilà que le journal est grand et Prudhomme est son prophète !

Mme PRUDHOMME, avec emportement.

Monsieur Ducreux !...

PRUDHOMME.

Tais-toi, ma femme ; je viens du Palais... je désire un peu de silence !.. (Mme Prudhomme fait une révérence sèche à Ducreux, et se dirige vers son appartement.)

DUCREUX, à Prudhomme.

Je vais faire une course et je reviens. — (A madame Prudhomme qui disparaît.) Sans rancune, petite mère !

SCÈNE VI.

ANTONY, PRUDHOMME, VICTORIA, JULIETTE.

VICTORIA.

Mon père, pourquoi n'avez-vous pas fait choisir mon cousin Édouard pour avocat... dans ce procès ?

JULIETTE.

Vous l'auriez peut-être gagné.

VICTORIA.

Ça lui aurait fait une première cause.

PRUDHOMME.

J'y avais bien pensé, mais...

VICTORIA.

Croyez-vous qu'il n'ait pas de talent ?

PRUDHOMME.

Je ne dis pas ; mais confier une affaire comme celle-là à... mon neveu, à un garçon... que j'ai vu pas plus haut que ça...

ANTONY.

C'est juste ! les gens qu'on a vus pas plus hauts que ça...

PRUDHOMME.

Il faut d'abord qu'il commence par avoir de la réputation.

VICTORIA.

Avant d'avoir des causes ?

ANTONY.

C'est comme cela, mademoiselle.

JULIETTE.

Qu'il obtienne donc bien vite la place que vous exigez pour consentir à son mariage.

VICTORIA, à Prudhomme avec joie.

Il va l'avoir enfin. Le secrétaire du ministre du commerce lui a fait une promesse formelle, et il paraît que cela dépend de lui seul, puisque c'est une place dans ses bureaux.

PRUDHOMME.

Comment se fait-il que CE MONSIEUR n'ait pas nommé mon neveu depuis longtemps, lorsque moi, moi-même je l'ai recommandé.

ANTONY.

Un homme comme vous !

PRUDHOMME.

Mon neveu a tous les droits.

VICTORIA.

C'est ce que je dis à tout le monde.

PRUDHOMME.

C'est un déni de justice ! (Avec une importance mystérieuse.) Mais aujourd'hui même, je l'espère. .

JULIETTE.

Que voulez-vous dire ?

PRUDHOMME.

Rien. (Bas à Antony.) Vous savez ?

ANTONY.

Non.

PRUDHOMME.

Chut !

ANTONY.

Motus !

PRUDHOMME.

Champabois...

ANTONY.

Il est nommé... Je sais...

PRUDHOMME.

Ministre.

ANTONY.

Hein ?

PRUDHOMME.

Chut !

ANTONY.

Motus !

PRUDHOMME.

J'ai écrit...

ANTONY.

Bien !

PRUDHOMME.

Silence !

ANTONY.

Dissimulons.

JULIETTE.

En avez-vous pour longtemps à vous parler tout bas ?

VICTORIA.

Viens, ils ont sans doute des secrets.

PRUDHOMME, à Victoria.

N'est-il pas arrivé une lettre pour moi ?

VICTORIA.

Tout un paquet, Félicité les a déposées sur votre bureau.

PRUDHOMME, à Antony.

Peut-être la réponse de Champabois... Je vole... (Il sort.)

JULIETTE, à Victoria qui lui prend le bras pour l'emmener dans sa chambre.

Attends... deux mots à dire à monsieur Antony. (S'approchant de lui et à demi-voix.) J'exige que vous cessiez de mystifier ce pauvre monsieur Prudhomme.

ANTONY.

Quoi ?

JULIETTE.

Votre parole...

ANTONY, hésitant.

Mademoiselle...

JULIETTE.

Alors nous rompons.

ANTONY, vivement.

Non... Je vous la donne.

VICTORIA, de loin

Viens-tu ?

JULIETTE.

Me voilà. (Elle suit Victoria. Au moment de sortir elle fait un geste de recommandation à Antony qui étend la main en signe de promesse.)

SCÈNE VII.

ANTONY seul.

Comment résister à cette petite Juliette qui a décidément mis le grapin sur mon cœur? Mais faut-il avoir du guignon! Recevoir un pareil ordre au moment où je rêvais la meilleure charge... Quelqu'un a donc fait accroire à monsieur Prudhomme que le baron de Champabois était nommé ministre? il est tout bonnement chargé de la fourniture des fourrages de la cavalerie. Je l'ai lu ce matin dans *le Moniteur*. Mon Prudhomme l'aura-t-il fait rire avec sa lettre! homme phénoménal, on ne t'inventerait pas. Et d'après tout ce que je sais, monsieur le baron ne se prive pas de le mystifier aussi, de la façon la plus gracieusement impertinente.

SCÈNE VIII.

ANTONY, PRUDHOMME, une lettre ouverte à la main.

PRUDHOMME.

Monsieur Antony! vous me voyez dans le délire... vous me voyez dans l'extase. Embrassez-moi ! j'éprouve le besoin de vous étreindre.

ANTONY, *après s'être jeté dans ses bras.*

Une lettre ?

PRUDHOMME.

Du baron de Champabois. Ministre! il est bien ministre!

ANTONY, *stupéfait.*

Il vous l'écrit ?

PRUDHOMME.

En réponse à la mienne. Sa lettre est sous forme de facétie, mais elle n'en est pas moins concluante.

ANTONY, *à part.*

Décidément il le mystifie.

PRUDHOMME.

Lisez. (*Il lui donne la lettre.*)

ANTONY, *lisant.*

« Monsieur Prudhomme, je me suis trop amusé en dînant » chez vous un jour, pour avoir pu l'oublier. »

PRUDHOMME, *avec satisfaction.*

Trop amusé !

ANTONY.

Et il y a des gens qui prétendent qu'il est impertinent.

PRUDHOMME.

Oui, il y en a.

ANTONY, *à part.*

O Juliette ! qu'il me faut de vertu !

PRUDHOMME.

Poursuivez !

ANTONY, *lisant.*

» Je vous remercie de vos félicitations au sujet de mon porte- » feuille. »

PRUDHOMME.

Portefeuille est souligné.

ANTONY, *lisant.*

» Je suis en effet nommé... »

PRUDHOMME.

Voilà la facétie.

ANTONY, *lisant.*

« Nommé ministre des fourrages ! »

PRUDHOMME, *d'un air fin et en riant.*

C'est le ministère de l'agriculture et du commerce qu'il désigne sous cette comique appellation.

ANTONY, *à part.*

O Champabois ! je baisse pavillon.

PRUDHOMME.

La suite, voyez la suite... c'est ce qui m'a le plus touché... c'est d'une courtoisie !... Il a dîné chez moi, c'est vrai ! mais ce n'était pas une raison... un homme si haut placé.

ANTONY, *lisant.*

Venez dîner chez moi quand il vous plaira.

PRUDHOMME, *avec orgueil.*

Dîner !

ANTONY.

Chez le ministre des f... (*se reprenant*) de l'agriculture !...

PRUDHOMME.

Et du commerce. Et l'on dit qu'il est impertinent !

ANTONY.

Oui, on le dit.

PRUDHOMME, *prenant la lettre.*

Ce n'est pas tout.

ANTONY.

Encore quelque chose?

PRUDHOMME.

Il me comble.

ANTONY.

Je m'en aperçois.

PRUDHOMME.

Il va jusqu'à m'offrir le poste de son secrétaire général.

ANTONY.

Ah! voilà enfin une fonction digne de votre capacité, et si vous n'étiez pas si honnête, ce serait le cas de mettre, comme on dit, du foin dans vos bottes.

PRUDHOMME.

Jamais, monsieur, j'en suis parfaitement incapable.

ANTONY.

C'est parce que je le sais, que je serre derechef cette respectable main.

PRUDHOMME.

Permettez que je vous étreigne encore !

ANTONY, *se jetant dans ses bras.*

Ah ! vous n'êtes pas fier non plus, vous.

SCÈNE IX.

LES MÊMES, ÉDOUARD.

ÉDOUARD.

La fatalité s'acharne après moi !

ANTONY, *à part.*

Édouard !

PRUDHOMME.

Pourquoi cet air contrarié?

ÉDOUARD.

Je suis désespéré ! le secrétaire du ministre vient de quitter Paris pour quelques jours.

PRUDHOMME, *d'un air profond.*

Il vient d'être appelé à d'autres fonctions.

ÉDOUARD.

Le secrétaire du ministre du commerce ?

PRUDHOMME.

Et de l'agriculture.

ÉDOUARD.

Il me manquait cela !

PRUDHOMME, *avec importance.*

Édouard... regarde-moi là... Le nouveau secrétaire du ministre... c'est moi !

ÉDOUARD, *riant.*

Vous !... C'est impossible !

PRUDHOMME.

Qu'est-ce à dire ?

ÉDOUARD.

C'est du moins bien invraisemblable.

PRUDHOMME.

Voici la lettre qui me l'apprend.

ÉDOUARD.

Voyons !

PRUDHOMME.

Elle est confidentielle, et je ne puis trahir les secrets de l'État... Mais demandez à monsieur.

ANTONY, *à part.*

Aïe! aïe !

PRUDHOMME.

Suis-je nommé? oui ou non ?

ANTONY.

Je ne sais si je dois...

PRUDHOMME.

Oui ou non, cette lettre me l'apprend-elle ?

ANTONY.

Cette lettre en effet vous offre...

ÉDOUARD, *à Prudhomme.*

Secrétaire du ministre du commerce ?

PRUDHOMME.

Et de l'agriculture.

ÉDOUARD.

Et cette lettre est...

PRUDHOMME.

De monsieur de Champabois. Reconnaissez son écriture. (*Il montre la suscription.*)

ÉDOUARD.

C'est à confondre! enfin si cela est, croyez mon oncle que je m'en réjouis, pour vous et pour moi. La place que je sollicite dépend alors de vous seul, et vous allez me nommer.

PRUDHOMME, *avec solennité.*

Edouard! tu sais que je t'aime, que toujours je t'ai choyé en dépit de madame Prudhomme mon épouse, une digne et excellente femme qui ne pouvait te souffrir; tu sais que notre vie intérieure, tissée d'ailleurs d'or et de soie, a été de tout temps à ton sujet une série interminable d'altercations et de querelles. Mais ma place.

PRUDHOMME, *lui faisant signe de ne pas l'interrompre.*

Parmi les vertus que je possède en partage le sentiment de la justice a tenu toujours une position honorable. Jamais, Edouard, on ne dira de ton oncle qu'il a sacrifié son devoir à son intérêt ou à celui des siens. Voilà pourquoi, moi étant au pouvoir, tu n'auras pas ta place.

ÉDOUARD.

Quoi! est-ce tout de bon que vous parlez ainsi?

PRUDHOMME.

Je ne veux pas qu'on m'accuse de népotisme.

ÉDOUARD.

En voilà bien d'une autre!... mais tous les jours vous le répétiez : en ne m'accordant pas cette place, on méconnaissait mes droits, on me faisait un déni de justice.

PRUDHOMME.

En vous l'accordant, moi, je ferais du népotisme.

ÉDOUARD.

Eh bien, ne me nommez pas et donnez-moi la main de ma cousine.

PRUDHOMME.

Je vous ai promis que je vous accorderais ma fille quand vous auriez votre place.

ÉDOUARD.

Mais c'est vous qui pouvez me la donner.

PRUDHOMME.

Je vous ai déduit mes raisons.

ÉDOUARD.

Comment! vous me promettez votre fille si j'obtiens la place; cette place, c'est vous qui me la refusez; et vous me refusez votre fille parce que je n'ai pas la place?

PRUDHOMME.

Je vous le dis pour la troisième fois... pas de népotisme!

ÉDOUARD.

Mon oncle!

ANTONY, *à part.*

Un sot abuse de tout, même de la vertu.

ÉDOUARD.

Tenez, je sors pour que mon indignation ne trahisse pas ma pensée.

PRUDHOMME.

Pas de népotisme! (*Il prend son chapeau.*)

SCÈNE X.

Mme PRUDHOMME, ANTONY, PRUDHOMME.

Mme PRUDHOMME.

Monsieur Prudhomme... nos convives viennent d'arriver au salon, venez donc leur tenir compagnie.

PRUDHOMME.

Il s'agit bien de convives... (*Appelant.*) Félicité! allez me chercher une voiture... Non, je la prendrai moi-même... Mon chapeau... Ah! je l'ai sur ma tête. Mes gants... Ah! je les ai dans ma poche.

Mme PRUDHOMME.

Comment! vous sortez?

PRUDHOMME.

Je vais au ministère,

Mme PRUDHOMME.

Au ministère?

PRUDHOMME.

Je vous l'avais bien dit que je serais quelque chose! Voilà les honneurs qui m'arrivent.

Mme PRUDHOMME.

Expliquez-vous.

PRUDHOMME.

A mon retour... je suis attendu.

Mme PRUDHOMME.

Où? chez le gouvernement...

PRUDHOMME, *solennel.*

A mon ministère, madame... à mon ministère. (*Il sort.*)

SCÈNE XI.

Mme PRUDHOMME, ANTONY.

Mme PRUDHOMME.

Son ministère!... et ne vouloir rien me dire! Monsieur Marteau, je vous en supplie...

ANTONY, *à part.*

Avec elle, je crois, on peut aller plus loin.

Mme PRUDHOMME.

Quelles sont les dignités qui lui arrivent?

ANTONY.

Vous refuserez de me croire.

Mme PRUDHOMME.

Je suis disposée à tout, monsieur. D'ailleurs, ce n'est pas pour m'en faire accroire, mais vous savez que monsieur Prudhomme est propre à bien des choses.

ANTONY, *mystérieusement.*

Il est appelé à l'une des premières fonctions de l'État!

Mme PRUDHOMME.

De l'État, monsieur, de l'État?

ANTONY.

Oui, madame.

Mme PRUDHOMME.

Mais laquelle, monsieur, dans l'État?... laquelle?... vous me faites mourir à petit feu... Laquelle?

ANTONY, *à part.*

Ma foi! monsieur Jourdain a bien cru qu'il était nommé mamamouchi...

Mme PRUDHOMME.

Je suis sur des charbons!

ANTONY, *mystérieusement.*

Il se pourrait qu'il fût... devinez!

Mme PRUDHOMME.

Que je devine!

ANTONY.

Tout ce qu'il y a de plus... (*Il élève la main.*)

Mme PRUDHOMME, *imitant son geste.*

Mi... mi... ministre?

ANTONY.

C'est vous qui l'avez dit.

Mme PRUDHOMME.

Ah! monsieur!

ANTONY, *à part.*

Le tour est fait.

Mme PRUDHOMME.

Quel coup, monsieur, vous m'avez donné dans l'estomac!... Et ma fille, monsieur, et ma fille! (*Appelant.*) Victoria! Félicité! pauvre enfant! comment lui apprendre... Elle si délicate... Ministre!... Fille de ministre!... Et monsieur Ducreux! (*Riant.*) Quel pied de nez, monsieur, quel pied de nez pour lui! Ah! pardon! c'est votre beau-père.

ANTONY.

Que ça ne vous gêne pas...

Mme PRUDHOMME.

Et mon mari! Ah! quelle idée! Si je lui achetais... oui, oui, courons... mais je ne puis... je n'ai plus de jambes! — Monsieur Marteau...

ANTONY.

Madame...

Mme PRUDHOMME.

Si j'osais...

ANTONY.

Osez, madame, osez,

Mme PRUDHOMME.

Vous prier d'acheter chez Giroux...

ANTONY.

Rue du Coq ?

Mme PRUDHOMME.

C'est tout près...

SCENE XII.

LES MÊMES, DUCREUX.

DUCREUX.

Je suis à l'heure ; j'arrive avec un appétit...

Mme PRUDHOMME.

Il s'agit bien de dîner !

DUCREUX.

Comment ? on ne dîne plus !

ANTONY, à qui Mme Prudhomme a dit deux mots tout bas.

Bien ! bien ! (A part en sortant.) C'est complet !

Mme PRUDHOMME.

Ah ! j'étouffe !... J'étouffe...

DUCREUX.

Qu'y a-t-il donc ?

Mme PRUDHOMME.

C'est un grand bonheur, monsieur, un grand bonheur pour celui qui en est l'objet, de voir rendre justice à ses talents, surtout lorsqu'il n'a rien fait pour ça. Ah ! monsieur ! ah ! monsieur !

DUCREUX, la contrefaisant.

Ah ! madame ! m'expliquerez-vous du moins...

Mme PRUDHOMME.

Enfin ! elle est arrivée cette heure pour mon mari ; elle a sonné pour lui prouver que ce qu'il y a en lui de noble et de généreux... que cet homme que vous regardez comme rien allait enfin avoir sa récompense... (Avec une volubilité croissante.) Pauvre ami ! tu vas donc l'occuper, cette place que ton dévouement, tes actions, tes efforts ont su te mériter pour ta femme, pour ta fille, pour les tiens... (Elle prononce encore quelques mots inarticulés.)

DUCREUX, à part.

Est-ce qu'elle devient folle ?

Mme PRUDHOMME, en pâmoison comique

Ah ! mon Dieu ! ah ! mon Dieu !

DUCREUX.

Qu'avez-vous ?

Mme PRUDHOMME.

Ah ! mon Dieu ! (Elle tombe sur un fauteuil.)

DUCREUX.

Elle se trouve mal... (Appelant.) Félicité !... Quand je meurs de faim. (Frappant dans les mains de Mme Prudhomme.) Allons... allons .. (Appelant.) Félicité !

SCENE XIII.

LES MÊMES, FÉLICITÉ, accourant.

FÉLICITÉ.

Voilà, voilà ! qu'est-ce qu'il y a ? (Tranquillement.) Ah ! madame qui a ses papillons... C'est qu'elle aura trop parlé...

DUCREUX.

Faites-la donc revenir.

FÉLICITÉ.

Un peu d'eau. (Elle va prendre un verre sur la cheminée.)

DUCREUX.

Allons, petite mère ; allons, revenons à nous.

FÉLICITÉ, se regardant dans la glace.

Voilà un petit bonnet qui ne va pas mal.

DUCREUX.

Eh ! donne donc !

FÉLICITÉ, lui donnant le verre d'eau.

Ça va la remettre. c'est toujours comme ça, sitôt que sa langue fait des intempérances... (Ducreux trempe ses doigts dans l'eau et en asperge la figure de Mme Prudhomme, qui fait chaque fois, des soubresauts avec de petits cris comiques.)

Eh bien ?

Mme PRUDHOMME.

Ah ! ça se dissipe, ça se dissipe, ça se dissipe.

DUCREUX.

Alors nous allons pouvoir nous remettre à table. Voyons, secouez-vous, petite mère.

Mme PRUDHOMME, se levant avec dignité.

Monsieur Ducreux, vous aurez la bonté de ne plus vous servir d'une locution qui ne convient pas à mon rang...

DUCREUX, ébahi.

A votre rang ?

Mme PRUDHOMME.

A mon rang... (D'un air protecteur.) Du reste, disposez de mon crédit... Votre pension de retraite ne vous fait pas rouler sur l'or, eh bien, adressez une pétition, mon cher. (Passant devant lui en s'éventant avec son mouchoir.) Adressez une pétition, nous vous donnerons un bureau de tabac

DUCREUX.

Un bureau de tabac ? Et c'est vous... vous qui m'offrez...

Mme PRUDHOMME.

C'est moi.

DUCREUX.

Ah çà ! quel est le vent qui souffle aujourd'hui ?

SCENE XIV.

LES MÊMES, ANTONY, avec un portefeuille de ministre enveloppé dans du papier.

ANTONY.

Voici la chose que vous m'avez chargé de...

Mme PRUDHOMME.

Voyons ! voyons vite !

DUCREUX, se rapprochant avec Félicité pendant que Mme Prudhomme défait l'enveloppe.

Qu'est-ce que c'est ? qu'est-ce que c'est ? Un portefeuille... de ministre !

Mme PRUDHOMME, arborant le portefeuille.

Oui, monsieur, nous le sommes !

DUCREUX, éclatant de rire.

Ah ! ah ! ah ! ah !

Mme PRUDHOMME.

Insolent ! (Elle se promène à grands pas le portefeuille sous le bras.)

DUCREUX, riant à gorge déployée.

Ministre ! Prudhomme ministre !... ah ! ah ! ah ! ah ! (Il se laisse tomber dans un fauteuil.)

Mme PRUDHOMME, hors d'elle.

Ah ! si j'avais là mes huissiers !

SCENE XV.

LES MÊMES, VICTORIA, PRUDHOMME, puis ÉDOUARD.

VICTORIA.

Voici mon père !

DUCREUX, se levant.

Il me tarde de voir son excellence. (Prudhomme paraît, l'habit boutonné, et le chapeau rabattu sur les yeux.) Bon Dieu ! quelle figure destituée !

PRUDHOMME.

Je ne suis pas destitué, monsieur... attendu que je n'ai jamais été nommé.

DUCREUX, riant.

Je le crois parbleu bien !... Petite mère, voilà mon bureau de tabac au fond de votre portefeuille.

Mme PRUDHOMME, d'un air piteux.

Tu n'es pas ministre ?

PRUDHOMME, étonné.

Ministre ?

Mme PRUDHOMME.

C'est M. Marteau qui m'a dit... (Elle ramène Antony qui cherchait à s'esquiver.)

PRUDHOMME, froidement.

Monsieur Marteau, je vous prierai de ne plus dorénavant fouler le sol de ma maison.

Mme PRUDHOMME, cherchant à s'empêcher de pleurer.

Et cette fois-ci, j'y tiendrai la main.

MARTEAU, à part.

Je lui rapporterai ma tête.

DUCREUX, avec bonhomie.

Voyons, papa Prudhomme...

PRUDHOMME, plus froidement.

Monsieur Ducreux, comme je ne veux pas m'exposer à rencontrer votre gendre lorsqu'il ira vous voir...

Mme PRUDHOMME.

Nous mettons écriteau à votre appartement.

DUCREUX.

Me donner congé ?

ÉDOUARD, *s'avançant.*

Mon oncle, votre petite déception s'oubliera... et à l'occasion de mon mariage... (*avec joie*) car j'ai ma place.

PRUDHOMME, *ironiquement.*

Ah ! ah ! vous êtes nommé, vous !

ÉDOUARD.

Et maintenant vous me donnez votre fille.

PRUDHOMME.

A un suppôt du pouvoir !... Jamais.

FÉLICITÉ, *s'exclamant.*

Par exemple !

Mme PRUDHOMME, *à Félicité, avec un sanglot comique.*

Taisez-vous, je vous donne vos huit jours. (*Elle va se jeter sur une chaise en regardant avec regret le portefeuille. Prudhomme de l'autre côté se laisse tomber dans un fauteuil, morne et abattu.*)

ACTE V.

Même salon. — Un fauteuil isolé à gauche. — Un autre à côté de la table à droite.

SCENE I.

VICTORIA, *assise tristement devant le piano,* FÉLICITÉ.

FÉLICITÉ.

Vous ne voulez donc pas vous égayer un peu ?

VICTORIA.

Tu sais bien que c'est impossible.

FÉLICITÉ.

Ah ! si ça continue, vous allez me rendre triste aussi. Notre maison est devenue un couvent. On y fera bientôt poser des grilles et des barreaux. La porte fermée au nez de tout le monde ! Nous ne voyons plus même mam'zelle Juliette, ou plutôt madame Antony Marteau, car ils sont mariés. Monsieur Prudhomme est resté brouillé avec monsieur Ducreux et avec son gendre. Et pour comble, ce pauvre monsieur Edouard est parti. .

VICTORIA, *se levant.*

Il y a un an de cela.

FÉLICITÉ.

Juste ! puisque c'était au mois de janvier mil huit cent cinquante-un, et que nous voilà en janvier cinquante-deux.

VICTORIA.

Le reverrons-nous encore ?

FÉLICITÉ.

Ça vous tient donc toujours, ce souvenir pour votre cousin Edouard ?

VICTORIA.

Jamais je ne cesserai de l'aimer.

FÉLICITÉ.

Et dire qu'il est à des mille lieues d'ici, à Alger !

VICTORIA.

Un an sans avoir donné une seule fois de ses nouvelles ! que c'est mal !

FÉLICITÉ.

Faut pas lui en vouloir. C'est votre père qui lui a défendu...

VICTORIA.

Est-ce une raison ?

FÉLICITÉ.

Et puis il a perdu tout espoir !

VICTORIA, *à elle-même.*

Et moi aussi ! (*Elle se dirige vers sa chambre.*)

FÉLICITÉ, *à part.*

Pauvre fille ! (*Haut.*) Vous vous en allez !

VICTORIA.

Dans ma chambre.

FÉLICITÉ.

Pour pleurer encore ?

VICTORIA.

Non, je te le promets.

SCENE II.

FÉLICITÉ, *seule.*

C'est elle qui est malheureuse, et non pas son père qui fait des jérémiades toute la sainte journée. A la bonne heure ! voilà un homme qui s'ennuie !... depuis qu'il est mort, comme il dit... parce qu'il n'a plus rien à faire. Il appelle ça être mort. Je voudrais bien être à sa place et mourir comme ça... de mes rentes... Ah ! je l'aperçois... Hou ! le loup-garou !

SCENE III.

FÉLICITÉ, PRUDHOMME. (*Il entre la tête basse et l'air profondément découragé, un journal à la main.*)

PRUDHOMME.

Mort ! je suis mort.

FÉLICITÉ, *à part.*

V'là qu'ça le prend.

PRUDHOMME.

Repoussé deux fois dans les assemblées préparatoires des électeurs, déchu de cette place qu'un moment j'ai cru tenir, de mon grade, où l'on ne m'a pas réélu, je voulais, comme Latour d'Auvergne, servir en qualité de simple grenadier, et ce décret me supprime, sous prétexte que j'ai plus de cinquante ans. (*Il va s'asseoir à droite.*)

FÉLICITÉ, *à part.*

De quoi se plaint-il ? Il ne gagnera plus de rhumes de cerveau à passer les nuits au corps de garde.

PRUDHOMME, *à lui-même.*

Et brouillé avec mon vieil ami Ducreux... avec mon neveu Édouard.

FÉLICITÉ.

Monsieur, est-ce qu'il y a du nouveau ce matin dans le journal ?

PRUDHOMME.

Oh ! presque rien. L'achèvement du Louvre, des chemins de fer de tous côtés.

FÉLICITÉ.

Eh ben ! ça va donner du travail au pauvre monde.

PRUDHOMME.

Une pièce nouvelle au Théâtre-Français.

FÉLICITÉ.

Oh ! racontez-moi ça ; ça me distraira un peu.

PRUDHOMME.

Est-ce que je lis ces futilités ? (*Parcourant des yeux le journal.*) Rien qui m'intéresse.

FÉLICITÉ, *à part.*

Toujours la même chanson.

PRUDHOMME.

Tiens ! la rente a encore monté.

FÉLICITÉ.

Eh ben ! ça doit vous intéresser, vous qui en avez. Et tous vos locataires ont payé ; les loyers augmentent ; votre rente, vos actions, tout ça monte, et vous faites une figure à trois quarts de perte.

PRUDHOMME.

Les malheurs, mon enfant, les malheurs ! (*Se levant.*) Je ne suis pas aussi folâtre qu'il conviendrait. Des années que j'ai vécu, je n'ai cueilli que les automnes et les hivers.

FÉLICITÉ.

Tenez, monsieur, j'ai vu une comédie qui s'appelait *le Malade imaginaire* ; eh bien, on pourrait en faire une sur vous qui s'appellerait *le Malheureux imaginaire.*

PRUDHOMME.

Taisez-vous, vous êtes une sotte.

FÉLICITÉ.

Pourquoi ?

PRUDHOMME.

Parce que... parce que... Mais je suis bien bon de discuter avec ma cuisinière. (*Se dirigeant vers son cabinet.*) Mort, mort, je suis mort ! (*Il sort.*)

FÉLICITÉ, *qui le suit en contrefaisant sa marche et ses gestes.*

Il est mort ! (*Riant.*) Ah ! ah ! ah !

SCENE IV.

FÉLICITÉ, VICTORIA, *puis* JULIETTE *et* ANTONY.

VICTORIA, *accourant.*

Félicité ! c'est elle ! je l'ai vue de ma fenêtre.

FÉLICITÉ.

Qui donc?

JULIETTE, *entrant.*

Ma bonne Victoria!

VICTORIA.

Un an sans nous voir.

JULIETTE.

Mais je t'aime toujours. Demande à mon mari; je n'ai fait que lui parler de toi

ANTONY.

Ah! ça, c'est vrai.

JULIETTE.

J'avais beau être heureuse, tu me manquais toujours. Alors Antony a compris que je désirais te voir, et il m'a ordonné de venir.

FÉLICITÉ.

Ah! c'est lui qui ordonne?

JULIETTE.

Certainement.

ANTONY.

Oui, oui; mais je dois avoir soin d'ordonner ce qu'elle veut.

JULIETTE.

Et je me suis mis en tête d'opérer ici une réconciliation générale. L'entrevue de Tilsitt.

FÉLICITÉ.

Il n'y a que ce pauvre monsieur Édouard...

VICTORIA.

Qui est en Afrique.

JULIETTE, *vivement.*

C'est ce qui te trompe.

ANTONY.

Il est à Paris.

VICTORIA.

Que dîtes-vous?

ANTONY.

C'est moi qui ai découvert...

JULIETTE.

Il demeure rue de l'Estrapade.

ANTONY.

Une petite chambre de quinze francs par mois. Depuis un an, il reste là sans sortir.

JULIETTE.

A travailler jour et nuit.

FÉLICITÉ.

Et nous avons passé dans cette rue!

VICTORIA.

Sous sa fenêtre.

JULIETTE.

Et tu as peut-être regardé le pot de fleurs qui est à la croisée de sa mansarde, au quatrième...

ANTONY.

Au-dessus de deux entresol...

JULIETTE.

Parce que les auteurs...

ANTONY.

C'est comme les peintres...

JULIETTE.

Et quand on voit le soir une petite lumière, un peu plus bas que les étoiles, on ne se doute pas qu'il se fait là quelque chef-d'œuvre qu'on applaudira un jour au salon ou bien au théâtre, dans une bonne loge...

ANTONY.

Et dont l'auteur, qui pioche là devant sa lampe, mange pour le quart d'heure un peu de vache enragée.

VICTORIA.

Ah! pauvre Édouard!

JULIETTE.

C'est une comédie qu'il écrivait dans ses veilles...

FÉLICITÉ.

Une comédie!

JULIETTE.

Et elle a été jouée hier au Théâtre-Français.

FÉLICITÉ, *riant.*

Eh ben! il pourra mettre monsieur en pièce de comédie. Je lui donnerai des conseils.

VICTORIA.

Jouée, dîtes-vous?

ANTONY.

Avec un succès!... Ah!— Je ne l'ai pas vue, parce que ma femme ne m'avait pas ordonné...

JULIETTE.

J'ignorais qu'il en fût l'auteur.

ANTONY.

C'est ce matin; je lis l'affiche, et je vois en grosses lettres « Monsieur Edouard Desprès! » Notre ami devenu un Molière, Quelle joie!... Je tombe chez le concierge. — Où demeure-t-il? — Qui? — Molière! — Voyez à la fontaine, au coin de la rue Traversière. — Non, l'autre! — L'autre, de quoi? — De la pièce nouvelle. — Ah! rue de l'Estrapade — Numéro? — Neuf. — Le milord m'y verse, et j'escalade son domicile, au premier en descendant du ciel.

VICTORIA.

Et lui!... lui, vous l'avez vu?

ANTONY.

Non.

JULIETTE.

Il était allé chez le secrétaire du ministre.

ANTONY.

A ce que m'a dit le portier qui était fier comme s'il avait fait la pièce.

FÉLICITÉ.

Eh bien, en voilà des nouvelles!

VICTORIA.

Rester un an à Paris sans chercher à me voir! Ah! c'est qu'il ne m'aime plus.

FÉLICITÉ.

Ne croyez pas cela.

VICTORIA.

Il m'a oubliée, j'en suis sûre!

ANTONY, *bas à Juliette*

Cela se pourrait bien, d'après ce que j'ai lu ce matin dans un journal.

JULIETTE.

Quoi donc?

ANTONY.

Je te le dirai. Chut!

VICTORIA.

S'il m'aimait encore, il serait venu.

JULIETTE.

Il attendait peut-être le succès de sa pièce, pour que monsieur Prudhomme lui pardonnât de faire de la littérature. Aie bon espoir, il sera de la réconciliation; commençons par mon père.

ANTONY.

Et par moi.

JULIETTE.

Je vais l'amener par le collet.

ANTONY, *à Félicité.*

Toi, tu m'aideras à placer dans la chambre de M. Prudhomme un objet que j'apporterai à dos de commissionnaire; tu m'introduiras par la petite porte.

JULIETTE.

Au revoir, et ne pleure plus.

FÉLICITÉ.

Tout ira bien, mam'zelle. (*Antony et Juliette sortent par le fond, après avoir serré la main à Victoria. Félicité entre chez Mme Prudhomme.*)

SCENE V.

VICTORIA, *puis* PRUDHOMME.

VICTORIA, *tristement.*

Il serait ici déjà s'il ne m'avait pas oubliée... (*Par réflexion.* Mais peut-être est-il retenu chez le secrétaire du ministre... c'était son protecteur... Et s'il vient, suis-je assurée que mon père... non, il l'a dit: jamais il ne consentira... je suis bien désolée. (*Elle s'assied accoudée sur la table.*)

PRUDHOMME, *entrant lentement.*

Rien à faire, plus une fonction, rien pour employer mon temps... C'est en vain que je m'essaye à porter une botte victorieuse à la mélancolie... Rien à faire... (*Levant la tête.*) Tiens, ma fille! (*Victoria se lève.*) Viens m'embrasser. (*Elle s'approche de lui.*) Tu as l'air triste!

VICTORIA.

Mon père...

PRUDHOMME.

Toi qui jadis étais gaie comme un oiseau.

VICTORIA.

Il y a longtemps!

PRUDHOMME.

Longtemps?

VICTORIA.

Vous ne le voyiez pas quand j'étais triste, vous aviez tant d'affaires.

PRUDHOMME.

Tu l'étais donc? raconte-moi cela... j'ai le temps... j'ai le temps. Tu vas me dire ce que tu as.

VICTORIA, se contraignant.

Rien, mon père, je n'ai rien. (A part.) Qu'il ne me voie pas pleurer. (Elle va s'asseoir à la fenêtre, la tête appuyée sur la main, et tournée vers la rue.)

PRUDHOMME, l'observant de loin.

C'est singulier.

SCÈNE VI.

LES MÊMES, Mme PRUDHOMME.

Mme PRUDHOMME, qui est entrée depuis quelques instants et regarde Victoria.

Toujours ainsi ! (Venant auprès de son mari, à mi-voix.) Monsieur Prudhomme, n'as-tu pas remarqué que Victoria a du chagrin?

PRUDHOMME.

Je viens de m'en apercevoir...

Mme PRUDHOMME.

Depuis quelque temps cela m'inquiète... je crains qu'elle ne tombe malade; elle pleure à tout moment.

PRUDHOMME.

As-tu pénétré la cause?

Mme PRUDHOMME.

Si c'était le départ de son cousin...

PRUDHOMME.

Édouard !

Mme PRUDHOMME.

Je me suis toujours opposée... parce que j'ai cru que lui seul... mais si elle l'aimait aussi... que dirais-tu?

PRUDHOMME.

Mais... Et toi?

Mme PRUDHOMME.

Il faudrait nous rappeler que dans notre jeunesse...

PRUDHOMME, s'animant.

Nous aussi, nous avons aimé.

Mme PRUDHOMME.

Et que si nos parents avaient voulu nous désunir...

PRUDHOMME.

Je t'aurais enlevée! Eh! eh! eh! (Il lutine madame Prudhomme.)

Mme PRUDHOMME.

Monsieur Prudhomme !

PRUDHOMME, rentrant dans sa dignité.

Houm ! houm !

Mme PRUDHOMME.

Édouard est à Paris, Félicité vient de me le dire; et... (Haut.) Victoria ! Victoria !

VICTORIA, se levant.

Ma mère !

Mme PRUDHOMME.

Tu vas écrire à ton cousin.

VICTORIA.

A mon cousin !

Mme PRUDHOMME.

Tu lui diras que ton père et moi, nous lui demandons de venir demain dîner avec nous.

VICTORIA, avec joie.

Vous vous réconciliez ! Ah ! que je suis contente ma bonne maman! (Elle l'embrasse.)

PRUDHOMME.

Et moi ! et moi ! (Il embrasse sa fille.)

Mme PRUDHOMME.

Cela te fait donc bien plaisir ?

VICTORIA.

Ah ! oui ! c'est si triste d'être ainsi brouillés dans les familles.

Mme PRUDHOMME.

Nous promets-tu de ne plus avoir de chagrin?

VICTORIA.

Je n'en ai plus, c'est fini. (A Prudhomme.) Vous savez qu'Édouard a obtenu hier un grand succès au Théâtre-Français.

PRUDHOMME.

Au Théâtre-Français? Attendez ; ce feuilleton que je n'ai pas lu... (Il prend le journal dans sa poche.) C'est parbleu cela... son nom est dans le journal.

VICTORIA, qui a pris vivement le journal.

On fait l'éloge de la pièce.

PRUDHOMME, avec enthousiasme.

Au Théâtre-Français! dans le temple de Voltaire et de Marivaux !

VICTORIA.

Je vais lire cela avec bonheur. Ah ! que vous êtes gentil d'être abonné à ce journal-là ! J'écrirai à Édouard, et puis je vous jouerai sur mon piano cette jolie mazurque que vous aimez.

PRUDHOMME, tout joyeux.

Je danse dès que je l'entends.

VICTORIA.

Et je vais rire, je vais redevenir gaie... comme un oiseau.

PRUDHOMME.

Elle me plonge dans le ravissement.

Mme PRUDHOMME.

Eh bien! voilà comme tu étais tous les jours, avant d'être devenu un homme politique, quand tu ne pensais qu'à gagner une dot pour ta fille, qui faisait ta joie, ton contentement, et qui te divertissait par son babil, comme elle t'amuse aujourd'hui.

PRUDHOMME, redevenant tout à coup sérieux.

C'est vrai .. je m'amuse là et j'oublie que je suis malheureux. (Il se croise les bras et sort la tête basse.)

VICTORIA.

Mon père...

Mme PRUDHOMME, la retenant.

Il réfléchira à ce que je viens de lui dire.

SCÈNE VII.

Mme PRUDHOMME, VICTORIA.

Mme PRUDHOMME.

Reste, mon enfant ; et pardonne-moi de t'avoir affligée sans le savoir.

VICTORIA.

Vous pardonner !

Mme PRUDHOMME.

Si je voulais pour toi une riche, une noble alliance, c'est parce que je t'aime, parce qu'il n'y avait rien d'assez beau pour toi ; mais tu souffres, tu pleures, tu me fais sentir que je me trompais, je répare mes torts, je veux ce que tu veux... je suis ta mère.

VICTORIA.

Et je n'osais pas vous ouvrir mon cœur.

Mme PRUDHOMME.

Tu aimes ton cousin, n'est-ce pas? Eh bien! tu seras sa femme.

VICTORIA.

Sa femme!

Mme PRUDHOMME.

Et nous irons voir sa comédie.

VICTORIA.

Écoutez ce qu'il y a dans le journal. (Lisant.) « C'est un grand » succès ; et comme un bonheur n'arrive jamais seul, on assure » qu'un haut fonctionnaire, le secrétaire du ministre de... » Ah! mon Dieu !

Mme PRUDHOMME.

Qu'y a-t-il ? tu pâlis!

VICTORIA.

Lisez, lisez, là...

Mme PRUDHOMME, prenant le journal et lisant.

« Vient d'accorder au jeune poète la main de sa fille. On dit » que le mariage aura lieu dans quinze jours. »

VICTORIA.

Il se marie! il ne m'aime plus!

Mme PRUDHOMME.

Victoria !

VICTORIA.

Ah ! ma mère ! ma mère !

Mme PRUDHOMME.

Ne te désole pas, mon enfant... tu en épouseras un autre...

VICTORIA.

Il n'y a que lui,

Mᵐᵉ PRUDHOMME.

Tu l'oublieras.

VICTORIA.

Non, jamais! jamais! (*Elle sort.*)

Mᵐᵉ PRUDHOMME, *la suivant.*

Ma fille! mon enfant!

SCÈNE VIII.

FÉLICITÉ, JULIETTE, DUCREUX, *puis* ANTONY.

FÉLICITÉ, *entr'ouvrant la porte du fond.*

Personne! vous pouvez entrer.

JULIETTE.

Allons, papa, ne restons pas dans les traînards!

FÉLICITÉ, *allant à la porte de la chambre de Prudhomme.*

Et vous, monsieur Antony, dépêchez-vous! (*A Juliette.*) Je l'ai introduit par la petite porte, comme il me l'avait dit.

DUCREUX.

Pourquoi me conduis-tu ici?

JULIETTE.

Pour faire ce que je te dirai.

DUCREUX.

Je te préviens que je ne me réconcilie pas.

JULIETTE.

De la rébellion envers ton petit colonel!

ANTONY, *entrant précipitamment.*

Voilà monsieur Prudhomme!

JULIETTE, *à son père qui fait mine de partir.*

Restez!

ANTONY.

Je finissais d'accrocher mon tableau, quand j'ai entendu la voix si connue de ses souliers qui craquent; je n'ai eu que le temps de m'escamoter.

FÉLICITÉ, *écoutant.*

C'est lui!

ANTONY.

Toi, guette à la porte... tu sais...

FÉLICITÉ.

Quel plaisir de le revoir! (*Elle sort. Antony, Juliette et Ducreux se tiennent à l'écart.*)

SCÈNE IX.

Les Mêmes, PRUDHOMME, *puis* FÉLICITÉ et ÉDOUARD.

PRUDHOMME, *sans les voir et sortant de sa chambre*

Mon portrait! mon portrait en pied!... en uniforme!... en bonnet à poils!... Qui m'a fait cette surprise? à qui dois-je ce souvenir émouvant du temps de ma grandeur?

ANTONY, *venant mettre un genou en terre.*

Antony Marteau *fecit.*

PRUDHOMME.

Vous!

ANTONY.

Tendez-moi cette main!

JULIETTE, *s'avançant.*

Et l'autre par ici.

PRUDHOMME.

Ducreux!!!

JULIETTE, *à son père.*

En avant!

DUCREUX, *tendant la main à Prudhomme.*

Tiens!

JULIETTE.

La victoire est à nous!

PRUDHOMME.

Mon vieux camarade.

FÉLICITÉ, *qui vient de paraître au fond avec Edouard.*

Chacun son tour! à votre neveu maintenant.

EDOUARD.

Mon oncle!

PRUDHOMME.

Dans mes bras!

ANTONY.

Et votre peintre?

PRUDHOMME, *lui donnant la main.*

J'oublie tout.

ANTONY.

Complet!

FÉLICITÉ.

Eh bien, monsieur, voilà une bonne journée dans votre malheur.

EDOUARD.

Et ma tante? ma cousine?

PRUDHOMME.

Tu vas les voir, laisse-moi d'abord ajouter un laurier!... triomphateur!... favori de Thalie!

EDOUARD.

Qui vous a dit!...

PRUDHOMME.

Les trompettes de la renommée.

ANTONY, *à part.*

Les trompettes, c'est moi.

PRUDHOMME.

Et cette comédie que tu as rédigée... te sera-t-elle au moins de quelque rapport?

ANTONY.

Un succès comme le sien, ça va faire courir tout Paris.

PRUDHOMME.

Sait-on bien au moins que je suis ton oncle?

DUCREUX.

Ah! ah! vous voilà fier maintenant de ce neveu auteur.

EDOUARD, *à Prudhomme.*

Je pourrais vous faire part d'un autre bonheur qui m'attend..

ANTONY, *bas à Juliette.*

Ce que je t'ai dit... son mariage.

EDOUARD.

Je quitte le secrétaire du ministre...

ANTONY, *à Juliette.*

C'est le beau-père.

EDOUARD.

Mais vous saurez cela plus tard.

JULIETTE, *à part.*

Pauvre Victoria!

SCÈNE X.

Les Mêmes, Mᵐᵉ PRUDHOMME, *puis* VICTORIA.

Mᵐᵉ PRUDHOMME.

Que vois-je? Edouard?

DUCREUX.

Traité de paix générale, petite mère; il ne manque plus que votre signature.

Mᵐᵉ PRUDHOMME.

Bien... mais vous, Edouard, partez avant que ma fille... votre vue ajouterait à son chagrin.

EDOUARD.

Son chagrin?

Mᵐᵉ PRUDHOMME.

Elle sait votre mariage.

EDOUARD.

Mon mariage?... (*Appelant.* Victoria! Victoria!

VICTORIA, *accourant.*

Edouard, c'est lui!

EDOUARD.

Qui vous a dit que je me mariais?

VICTORIA.

Ce n'est pas vrai?

JULIETTE.

Ce n'est pas vrai?

EDOUARD, *à Victoria.*

Avez-vous pu le croire?

JULIETTE,

Mais alors que vouliez-vous dire? Cette nouvelle que le secrétaire du ministre...

EDOUARD.

Une glorieuse récompense que l'on me permet d'espérer... la croix de la légion d'honneur.

PRUDHOMME, *ébahi*.

La croix pour des comédies !

DUCREUX.

Dites donc, voilà un moyen.

PRUDHOMME, *devenant sombre*.

Moi ! il faut bien que j'y renonce comme je dois renoncer à tout... je ne suis plus rien, je n'ai plus rien.

FÉLICITÉ.

Que des rentes au-dessus du pair, et des locataires qui paient

DUCREUX.

De bons amis.

Mme PRUDHOMME.

Une bonne femme.

VICTORIA.

Une fille qui vous aime ?

JULIETTE.

Que vous pouvez rendre heureuse ?

Mme PRUDHOMME.

Cela doit vous suffire.

DUCREUX.

A chacun sa place, à chacun ses devoirs; après qu'il a rempli ceux que la loi et le pays lui imposent, un bon bourgeois doit se contenter de gouverner... sa maison, de travailler à ses affaires et au bonheur de ses enfants.

PRUDHOMME, *à Edouard et Victoria*.

Mes enfants !

TOUS.

Enfin !

PRUDHOMME.

J'aurai un gendre décoré.

FIN.

Paris. — Typ. Morris et Comp., rue Amelot, 64.